GW00418424

Jean Giono

Manosque-des-Plateaux

SUIVI DE

Poème de l'olive

Gallimard

Jean Giono est né le 30 mars 1895 et décédé le 8 octobre 1970 à Manosque, en haute Provence. Son père, Italien d'origine, était cordonnier, sa mère repasseuse, d'origine picarde. Après ses études secondaires au collège de sa ville natale, il devient employé de banque, jusqu'à la guerre de 1914, qu'il fait comme simple soldat.

En 1919, il retourne à la banque. Il épouse en 1920 une amie d'enfance dont il aura deux filles. Il quitte la banque en 1930 pour se consacrer uniquement à la littérature après le succès de son premier roman : *Colline*.

Au cours de sa vie, il n'a quitté Manosque que pour de brefs séjours à Paris et quelques voyages à l'étranger.

En 1953, il obtient le prix du Prince Rainier de Monaco pour l'ensemble de son œuvre. Il entre à l'académie Goncourt en 1954 et au Conseil littéraire de Monaco en 1963.

Son œuvre comprend une trentaine de romans, des essais, des récits, des poèmes, des pièces de théâtre. On y distingue deux grands courants : l'un est poétique et lyrique ; l'autre d'un lyrisme plus contenu recouvre la série des chroniques. Mais il y a eu évolution et non métamorphose : en passant de l'univers à l'homme, Jean Giono reste le même : un extraordinaire conteur.

Manosque-des-Plateaux

I

CE BEAU SEIN ROND
EST UNE COLLINE

Je ne pourrai jamais retrouver le vrai visage de ma terre : cet œil pur des enfants, je ne l'ai plus.

Quand j'étais tout petit, je jouais, puis j'avais faim. Ma mère taillait alors une plate tartine de pain, elle la saupoudrait de sel, elle l'arrosait d'huile par un large 8 de la burette penchée ; elle me disait : « Mange. » Ce sel, il me suffisait de humer le vent odysséen ; il était là avec l'odeur de la mer ; ce pain, cette huile, les voilà tout autour dans ces champs de blé vert dessous les oliviers. Ainsi, s'est aiguisée de longue habitude l'ardente faim de mon cœur.

Jamais assez de ce pain...

Jamais assez de ce sel, de cette huile, ma mère.

Avec mes joies, avec mes peines, j'ai mâché des quignons de ma terre ; et maintenant, la ligne où se fait le juste départ, la ligne au-delà de laquelle je cesse d'être moi pour devenir houle ondulée des collines, la ligne est cachée sous la frondaison de mes veines et de mes artères, dans les branchages de mes muscles, dans l'herbe de mon sang, dans ce grand sang vert qui bout sous la toison des olivaies et sous le poil de ma poitrine.

Ce beau sein rond est une colline ; sa vieille terre ne porte que des vergers sombres. Au printemps, un amandier solitaire s'éclaire soudain d'un feu blanc, puis s'éteint. Du haut du ciel, le vent plonge ; la flèche de ses mains jointes fend les nuages. D'un coup de talon, il écrase les arbres et il remonte. Parfois, un aigle roux descend des Alpes, mais l'air des plaines proches ne le porte plus ; il nage à grands coups d'aile et il crie comme un oiseau naufragé.

Si on quitte le chemin, il y a des olivaies envahies par les roses. C'est comme une peau de bélier qu'on a jetée sur les arbres. C'est épais et ça saigne. On a chaud là-dessous d'une lourde chaleur de laine ; l'herbe sue. Pour sortir de cette ombre, il faut s'écorcher les mains. Un mois après, on trouve une rose séchée dans sa poche.

De grands talus se chauffent au midi, fleuris de serpents immobiles. Les lézards sont épais comme le bras. Ils dorment au soleil puis sautent, happent, et mâchent longuement des abeilles à goût de miel. Ils en pleurent des larmes d'or qui grésillent sur la pierre brûlante. La lagremuse est toute grise, avec des pattes comme un fil, une queue qui semble une ombre ; mais elle a un cœur énorme, un cœur déchaîné dans elle comme un orage et elle en est là, palpitante. Un mariage de gros frelons assomme les scabieuses de son vol aveugle. Les sauterelles se déclenchent et passent tout éperdues dans un saut puis elles ouvrent leurs ailes rouges. Une caravane de fourmis, large comme une route d'homme, coule sous les feuilles. Une procession de chenilles adore lentement un pin dans ses spirales. Une maison aux murs en coque de noix, bombés et ocre, craque doucement, écrasée sous sa charge de tuiles, de poutres et de soleil. L'ombre transparente des oliviers tient dans sa toile d'araignée la sieste d'une toute petite fille. Elle dort dans l'herbe chaude. Elle a remonté toutes ses robettes et, sans ouvrir les yeux, elle gratte à pleine griffe son ventre sucé par les mouches. Un chevreau lutte avec une guêpe. L'odeur du thym fume jusqu'à la lune. Un beau nuage s'est envasé dans un bras mort du vent ; il ne peut plus arracher sa proue de l'azur immobile et, à bout de forces, il ondule lentement de la poupe.

— Vous l'avez vue, de nuit, cette colline ?

— Non, Toussaint, ce n'est pas la nuit ces longs soirs où je suis dans les bois. La lumière tombe dans ces soirs-là comme une pluie et l'on y voit. Mais toi ?

— Moi, oui.

C'est la nuit où il m'est arrivé toute cette histoire. J'avais dû loger par obligation un de ces errants qui ont des billets de logement de la mairie. Il était venu, il avait frappé. Ça, il avait frappé, je vous le jure, parce que, tout compte fait, mon auberge a bonne allure. Je lui avais dit : « Entrez. » Quand j'ai vu ça ! Un grand avec la barbe et du poil sur les bras, et du poil partout, et peut-être tout ça habité. Des yeux en faux. Le regard, vous savez, ça passait dans vous, dans le milieu de vous et on avait le corps partagé en deux : la tête là-haut, les jambes et les bras de là. Donc, les bras sans force, et sans force tout le reste, et la tête toute seule à réfléchir comme dans un ciel. Il a bien vu l'effet qu'il faisait et de marcher à la rodomont dans tout ce qui est notre cuisine et nos aîtres. Bon, on lui donne à manger. Et à boire parce qu'il en demande, en redemande, en redemande en tapant du poing. Alors, je dis à la femme : « Écoute : moi, je me connais, si je reste là, ça va faire un malheur. — Oui, elle me dit, tu as raison, Médéric (elle me dit Médéric parce que c'est mon second nom et que ça lui plaît mieux), tu as raison, Médéric, va prendre l'air, moi, je m'en charge de cet homme. » J'ai pris ma veste et je suis sorti, et je l'ai bien regardé en sortant.

Il a dû comprendre que je sortais parce que j'avais plus de bon sens que lui. C'était tard ; il n'y avait personne dans les rues ; je m'en suis venu à la colline.

Dans les marronniers de la basse rampe, c'était plein de rossignols ; ils se répondaient, ils étaient mélangés aux rainettes à ne plus savoir ce qui était à l'un ou à l'autre. On entendait des gloufs dans l'eau des bassins, et ça sonnait si profond que je me disais : « Toussaint (moi, j'aime mieux me dire Toussaint, c'est mieux mon genre), Toussaint, ça a l'air d'être des rossignols qui plongent. » J'imaginais toute cette assemblée des rainettes et des rossignols au fond des bassins, dans le juste entrebâillement d'un rais de lune et les rossignols à l'imaginée, tout gauches dans leurs gestes parce qu'au fond de l'eau et avec les plumes mouillées ce ne doit pas être bien commode. Je m'imaginais tout ça et puis, d'un coup, autour de moi il n'y a plus eu ni rossignol, ni rainette, ni lune, ni vent, ni nuit. Il n'y a plus eu que la colline.

Elle était comme une taupinée et on entendait remuer la grande taupe. On entendait le sourd travail de dessous terre, et le geste qui gratte, et la poitrine qui s'emplit d'odeur de terre, et le mufle qui fouille dans la boue des profondeurs. Il coulait des grumeaux de terre dans toutes les herbes. Celle de dessous remuait toute sa vie de nuit. J'ai entendu les grandes sources et j'en ai

compris une bien embêtée parce qu'elle avait
noué ses anneaux dans toutes ces racines des
pinèdes et des olivettes et elle ne pouvait plus
s'en dépêtrer, et elle était là comme un grand
serpent bien embêté, je vous le jure. Je lui
disais : « Oui, mais déroule-toi. » Ah, oui ! Elle
me répondait : « C'est facile à dire, tu as jamais
été source, toi, non ? Eh bien, tu ne sais pas et tu
ne peux pas savoir. »

Je monte. J'avais envie de goûter l'air. Il avait
un goût de papillon. C'était l'époque. Je n'y
pensais pas, mais avec un peu plus de réflexion
j'aurais su. Ces errants, ces hommes-chèvres qui
vont, tout nerveux, d'une ville à l'autre, ils ont la
même loi que les papillons, les fourmis, les chenilles. Un ordre part du fond de je ne sais pas
quoi, par-derrière les étoiles, et les voilà en
marche : les papillons, les fourmis, les chenilles,
les hommes mélangés. J'avais quitté l'homme.
Ici, c'était le plein voyage des papillons. Il y avait
dans l'air ce goût ; une sorte de poussière sèche
et dure à la gorge comme cette poussière des
greniers, des vieilles caisses oubliées au grenier
où c'est pêle-mêle, des vieux journaux et des
nids de rats.

Ça faisait un bruit, tous ces papillons. Un
bruit de grand ruisseau de nuit, ça coulait à travers le ciel en venant du sud et les étoiles rou-
laient au fond comme des pierres sous la
Durance.

Alors, voilà le fond de la chose : les autres s'imaginent que j'ai tiré un coup de revolver parce que j'ai trouvé l'homme et la femme couchés ensemble, censément... Je vous demande un peu ! Ç'aurait été, qu'il n'y avait pas de quoi !

Et puis, les gendarmes ont bien vu que j'avais tiré à travers la vitre de la fenêtre, du dedans vers le dehors.

Voilà :

Je suis rentré. C'était paisible. On n'entendait plus de bruit. J'ai regardé partout. Il n'y avait rien de cassé.

La femme avait dû le mater.

Alors, il y a eu un petit bruit de tambourin sur les vitres de la fenêtre, comme une main qui tambourinait, mais une main dans un gant.

Je me dis : « C'est un signal ! »

Non.

C'était un papillon large comme mes deux mains. Il était plaqué là contre et il battait des ailes, et il essayait de griffer la vitre, et il pompait sur la vitre tout le suc de la lumière. Il en était saoul. Un grand corps tout roux, et velu, et des onglons, et ce grand suçoir pointu comme une aiguille qu'à vous le planter dans le sang il vous assécherait comme une crau.

Alors, je me suis dit : « Toussaint, ils t'ont suivi, ils sont là contre tes murs, tu vas avoir ça toute ta vie. » J'ai pris le revolver dans le tiroir du

comptoir et j'ai tiré sur le papillon à travers la
vitre.

★

La Durance est dans la plaine comme une
branche de figuier. Souple, en bois gris, elle est
là, sur les prés et les labours, tressée autour des
islettes blanches. Elle a cette odeur du figuier :
l'odeur de lait amer et de verdure. Elle a tant
emporté dans ses eaux de terre à herbe, de terre
à graine, de poids d'arbre ; elle a tant broyé de
feuillages, tant roulé de grands troncs sur son
fond sonore, tant enchevêtré de branchages dans
les osiers de ses marais qu'elle est devenue arbre
elle-même, qu'elle est là, couchée sur la plaine
comme un arbre ; elle, avec son tronc tors, avec
l'Asse, et le Buech, et le Largue, et tant d'autres,
tous écartés comme des branches, elle porte les
monts au bout de ses rameaux.

La plaine descend, rapiécée de labours entre
les luzernières, avec, de loin en loin, les grands
ourlets d'un ruisseau sous les arbres. Les fermes
sont éparpillées sur les roches et sur les limons.
Les paysans du bas pays, les plainiers le savent.
Il y a, à travers la plaine, un grand banc de
roches agglutinées, bosselé comme du fer battu
et aussi dur. Pour les fermes qui y sont dessus,
c'est, malgré le travail, et la sueur, et les jurons,
et les yeux éperdus jetés aux quatre coins du

ciel, c'est la pauvreté et le pain dur, et la vaste
table toujours vide, et la femme qui s'assèche
dans son reproche muet. Pour les fermes assises
dans le limon comme des truies dans la boue,
c'est la graisse et les grands pots dans le placard, et les pétrins au couvercle en oblique, et
l'inquiétude pour le plancher fatigué des greniers. Dans celles-là, les femmes sont ballot-
tantes de chair comme construites d'eau, comme
de l'eau dans des outres d'étoffes. Certes,
on peut boire encore au regard de leurs yeux
parce que la race est bonne, au fond, mais c'est
une eau à goût plat. Les filles vont aux collèges
des villes et demandent : « Qu'est-ce que c'est ? »
en désignant les faucilles. Les garçons ont
des pieds sournois et chassent au fusil de luxe
de pauvres bêtes terrifiées. Mais par les grandes et longues nuits de l'an, quand la force de
la terre est là-dessous toute bandée au ras du
gel, la ferme des limons craque sourdement
comme une mauvaise barque sous son poids
d'or sec. Et puis, ça, je le sais pour l'avoir vu : le
fils des terres pauvres vient à l'orée de son
champ plat. Il a de beaux cheveux en feuilles
d'ache, une peau comme l'abricot, des mains
saines, la bouche juste et le large moulin à vent
de sa cervelle pour faire marcher la bouche.
Alors, la fille des terres riches pleure en griffant
son édredon. La fille des terres pauvres va à la
ville en souliers plats, mais son corps est nerveux

comme une hampe d'iris ; son visage est plus
beau que les fleurs ; elle chante une vieille chanson de berger où il est question de montagne et
d'étoile. Alors, le fils des terres riches gratte le
bouton qu'il a au coin de sa bouche.

Ainsi, la plaine descend avec sa charge de vie,
et puis, là-bas, elle jette une écume d'arbre
contre le rocher de Mirabeau, elle tourne, on ne
la voit plus.

Au-delà de la Durance, le plateau de Valensole, bleu et toujours pareil, ferme la plaine
comme une barre de vieux bronze. Il est le mauvais compagnon. Entendons-nous : il est pour
moi l'ami magnifique, mais il est le mauvais
compagnon de ce paysan des plaines. Il est le
jeteur de grêle, le porteur d'éclairs, le grand arti-
san des orages. Il est là, tout vêtu de chênes verts
et de genévriers, couvert de cicatrices ; il vit à la
sauvage avec une large bâfrée de fleurs d'aman-
diers au printemps et du soleil qu'il mange sec
tout le durant de l'été. S'il est courtois, c'est en
brutal : vous lui demandez une fleur, il vous
jette à la figure toute une touffe de thym avec les
racines et la motte de terre. Ce qui inquiète c'est
son silence. Il est là-bas, il ne dit rien. Vous, par
exemple vous êtes là, si c'est le temps à piloter
l'araire à coups de poignet ou à passer l'inspec-
tion aux vignes. Et lui, il est là-bas toujours
pareil, toujours muet ; il rêve, pensez-vous à
regarder à plein visage la belle lune de jour qui

vole avec ses deux cornes au-dessus de lui. Puis,
d'un seul coup, il vous écrase avec trois grandes
roches de nuages pleines de foudre. La grêle
déchire les oreilles du mulet ; vous en avez tant
que vous pouvez pour le tenir au bridon et le
mener au hangar. Pendant ce temps, le ruisseau
déborde, votre sillon s'emplit de boue et d'herbe
et ça vous promet belle récolte de chiendent ; ou
bien alors il piétine votre vendange à moitié
mûre.

Il est quand même, pour moi, l'ami magnifique. Qui n'a pas son caractère ? Mais, par les
beaux dimanches d'août, quand on lui a rasé sa
chevelure de blé, quand il est crâne nu sous le
poids de feu qui fait craquer l'argile du ciel, alors
il sait, d'un enseignement sûr, vous mener
jusqu'au fond sensible de la vie, dans l'ombre
rousse où les arbres, les bêtes, les rochers, les
herbes et les hommes sont pétris comme une
pâte de pain.

*

Ainsi, du haut de cette colline ronde et fémi-
nine, on voit tout le large pays. Elle, elle est
l'aimable et la nourrice ; elle bombe sa ligne
pure gonflée par l'artère des eaux ; la plaine
vient téter ses sources puis s'en va, lourde
d'arbres et de blé.

Nous avons vu le sud et un peu de l'ouest ;

regardons vers l'est puis vers le nord, puis nous aurons fait le tour, le pays sera autour de nous comme une pastèque sucrée, et nous au milieu comme la graine.

*

Donc, vers l'est : la vallée de l'Asse fend le plateau de Valensole dans la droite direction du soleil levant. Le berger des Valgasses me l'a expliqué aux dernières Pâques. C'est le temps où je vais me laver là-haut. Il le sait, il m'attend chaque année. D'un an on ne s'est vu. Il entend des pas dans les pierres ; il a su aux fleurs que c'était Pâques. Il crie sans me regarder : « Salut, Jean ! » Là, se prend le grand lavage qui fait désormais partie de ma vie. Du thym, des lavandettes, de la sauge, de l'herbe dure, de courts genêts, une autre herbe plus charnue, et le vent. Voilà l'eau. On reste un jour et une nuit sans rien dire à nager dans tout ça. N'est-ce pas, durant l'hiver, on s'est imbibé d'air saumâtre, on a mis le nez sous les couvertures, on a tisonné l'âtre, bu de la pluie par les narines et lu de petits livres. Il faut bien un jour et une nuit à nager dans les herbes. Puis, au matin du deuxième jour, on ouvre l'œil : on est propre. On goûte les odeurs à petits coups : la « limousine » de bure dans laquelle on est plié sent l'ours. Je ne sais pourquoi, mais chaque fois j'ai dit :

— Tistou, ça sent l'ours.

— Oui, ça sent l'ours, a répondu Tistou.

Il fait jour et on voit encore les étoiles et, dans la profondeur bleutée de ce qui est entre nous et les étoiles, passent des poussières et de grands globes chargés d'autres hommes, d'autres bêtes. On entend le chant de tout ça. Le monde chante avec sa belle voix de basse. On est en train de raboter une planche dans cette étoile verte, là-haut. Les copeaux sautent dans l'aube. Une fileuse tourne sa roue dans la tache de Vénus ; on cuit des viandes dans une étoile rouge. Des brebis passent sur la lune. On est propre. On est devenu tout neuf.

— Tu entends ? me dit Tistou.

Je dis « oui » mais je n'entends rien ; je dis oui de bonne foi.

— On l'embête, cette colline, me dit Tistou. Depuis toujours on la gratte ici. Elle en a assez. Tu as entendu ? Allez, lève-toi, on va plus loin.

On va plus loin. Le troupeau ruisselle de toutes ses cloches derrière nous.

On est seul. Je me dis, en moi-même :

« Voilà, le déluge vient juste de finir ; la colline vient de sortir des eaux ; les chênes verts sont encore boueux. Et il n'y a plus que Tistou, les brebis et moi. L'arche a fait naufrage. Ils avaient mal calculé. Nous, Tistou, les brebis et moi, on était sur un radeau ; on n'avait pas calculé et on est seul. »

Dans ces moments-là, d'habitude, je prends un bon coup d'air parfumé jusqu'au plus profond de moi. Je sens cet air froid qui me remplit comme un bloc de glace, mon sang qui vient s'y rafraîchir et puis la course de ce sang froid dans toute la chair.

Ah !

Ah ! Tistou, mon vieux !

— Voilà, me dit Tistou qui a fait son rêve de son côté. Tu vois cette vallée d'Asse, eh ! bien, je vais te dire, c'est le soleil qui l'a faite.

Il me regarde. Il a vu mes yeux neufs, il est rassuré.

— Oui, il continue, c'est le soleil qui l'a faite. On sait jamais le poids d'un rais de soleil. Tous les matins — je parle de dans le temps — tous les matins le soleil sortait. En face de lui, il y avait le plateau. Tous les matins, le soleil jetait là-dessus son premier rayon. Ça n'était pas de méchanceté ; c'était pour jouer. Tu n'as jamais vu ce premier rayon, si ? Eh bien alors tu sauras si ce que je dis est vrai. On l'attend, on le prévoit ; il monte. On dit : le voilà. Il est parti, il a tapé quelque part. Généralement, après, on regarde le reste du lever du soleil. Mais si on guette ce que j'ai guetté, on ferme tout de suite les yeux et on écoute. Alors, on entend une chose sourde qui roule comme une course de tombereau et c'est le bruit du rayon qui a frappé sur la terre, ou bien une esclapade d'eau, et c'est qu'il est tombé dans quelque mer, ou bien alors un sifflement long, long, long, et qui s'éloigne, et c'est que le rayon a frappé en plein ciel. Là, alors, d'habitude, ça a fait un trou et on peut s'attendre à du vent dans l'après-midi. Donc, c'est pour te dire la force de ce premier rayon.

Ce premier rayon tapait toujours dans le plateau qui tremblait mais restait solide parce que c'était un bon plateau de main de maître. Seulement, le soleil, c'est tous les jours, et toujours la même force, alors, petit à petit ça a fendu les os au fond de la chair de terre, et, lentement, le val s'est creusé à coups de rayon de soleil. Quand ça a été percé, l'Asse, là-haut, s'est décidée : elle a lâché ses glaces et elle est descendue. Puisqu'il y a un chemin, tant vaut qu'on en profite, elle a dit.

*

Par la brèche de ce val on voit l'escalier des Alpes. On voit là-bas, au fond, sur les graviers et dans les boues, ce rameau de la Durance qui est l'Asse, et toute la famille des ruisselets, des torrents de collines, des fillioles où dans deux lèvres d'herbe court l'eau des sources à boire et les sentiers qui mènent aux sources et, au bout des sentiers, les gros fruits des fermes.

Il y a, là-dedans, des villages sombres, dans des vergers de pruniers. Des villages qui ont leur conteur comme on a son garde champêtre et son facteur. C'est dans le jour parfois un savetier, parfois un charron, parfois un simple qui bavote doucement, à l'ombre, à longueur de sieste.

Mais le soir...

On se réunit sous le grand mûrier de la place. On s'assoit sur des pierres froides. Il est là-bas au milieu du rond. Il a quitté sa savate et son fer, ou bien il a séché toute sa bave d'un grand revers de main. Il est tout imbibé de nuit ; ses yeux sont vastes et clairs comme des poignées d'avoine et le vent familier frise sa barbe et ses cheveux.

Parfois le conteur ne conte pas mais lit un livre. Alors deux hommes sont près de lui et haussent les chandelles.

De temps en temps le lecteur s'arrête et dit :

— Mettez du sel.

Les hommes mettent des pincées de sel sur la flamme et l'on recommence à lire.

Aux temps derniers que les prunes étaient mûres, j'ai fait halte un soir dans un de ces villages. Une jeune fille me donna du café, puis elle mit devant moi une corbeille de fruits et elle me dit : « Mangez. » Elle allait à son ménage à travers la pièce. De temps en temps, elle venait au seuil voir si je n'avais besoin de rien. Je lisais à l'abri des fusains en caisse. Elle me demanda :

— Vous aimez la lecture ?

Je dis :

— Oui.

— Qu'est-ce que vous lisez ?

Elle se pencha vers moi. Je m'excusai :

— C'est de l'anglais. C'est Whitman.

Elle me demanda :

— C'est beau ?

Je lui dis :

— Écoutez.

Et je commençais à lui traduire très librement des versets qui étaient tout autant dans mon cœur que dans le livre.

Elle écoutait. Quand je levais les yeux, elle me regardait en plein dans les yeux.

De l'autre côté de la route un homme emballait des fruits.

Il nous regarda. Il essuya ses mains le long de son pantalon et il vint.

Le forgeron tapait à l'enclume. L'homme au fruit cria :

— Sansombre, tais-toi.

Sansombre arrêta son marteau et s'approcha en tablier de cuir.

Ils se sont assis à côté de moi. Quand je m'arrêtais, ils demandaient :

— Et après ?...

— Et alors ?...

Ils étaient six maintenant. La jeune fille dit :

— Laissez-le, vous voyez bien qu'il est fatigué.

— Oui, dirent les autres en soupirant.

— C'est dommage que ça soit de l'anglais, on ajouta.

Et je promis d'envoyer une traduction, et l'on me dit : « N'oubliez pas, surtout » et « combien ça coûte ? » — « Non, nous voulons le payer, nous. » — « Enfin, puisque vous êtes si gentil, nous acceptons » et « Delphine, donne ton adresse ».

Je copiais l'adresse de Delphine.

Depuis trois mois ils ont le livre.

Je vois le conteur haussant Whitman dans la lueur des chandelles. J'entends sa voix. J'entends son silence quand il vient de dire : « Mettez du sel », et le silence de ceux-là en rond, là, et qui écoutent, et qui sont dans la nuit, pleins d'une eau plus claire et plus verte que l'eau du Verdon.

J'ai reçu une belle lettre de Sansombre. Non, je ne vais pas la recopier dans ce livre. Il y a des choses que l'on n'a pas le droit de mettre dans des livres.

*

Du côté du nord la vue vole sur la grande tempête des collines. La houle des terres bout à gros bouillons ronds et épais. Là-haut, tout au fond, elle se jette sur le ciel bleu et elle écume une Alpe pointue et blanche. Dans les vals, de pauvres fermes tanguent dans l'huile luisante des olivaies et des bois de chênes verts. Parfois, un pigeonnier émerge et crache des pigeons. Là, vivent des hommes qui se laissent pousser la barbe et ont les yeux clairs. Ils parlent peu. J'en connais un qui sait vingt langues. Il m'a traîné sur ses talons pendant tout un long après-midi de juillet. Avec lui, le silence ! On se regarde, ça suffit. On est monté par Dure-Côte jusqu'au sommet de Pic-Mayon. Là, il a eu à parler à un merle. Il sait le langage des merles. Il a salué des bouvreuils. Il a expliqué toute une longue route à un essaim perdu et l'essaim s'est mis à rouler comme une étoile sur la route indiquée. Il a appelé un renard, et le renard lui répondait d'une autre colline. Il ne s'approchait pas, à cause de moi sans doute.

Je lui ai demandé :

— Comment faites-vous ?

Il s'est curé la gorge et il s'est mis à mâcher l'air en me regardant, puis il m'a dit :

— Vois.

Il m'a montré sa langue placée contre ses dents, et j'ai essayé : ça a fait un cri de bête. Oui, mais un cri sans nom et il y a eu des fuites dans les feuillages et dans les herbes.

Il s'est excusé en haussant les épaules ; il s'est mis à rire et il m'a dit :

— Ça vient du cœur.

Ces collines sont des terres de beaucoup de
cœur. La vie y est saine et bourrée d'air dur,
mais dans la terre maigre il faut péniblement
planter la houe et peu en attendre. Les récoltes
se portent à dos d'homme ou à dos de femme
car, il y a des femmes seules... mais, ne mélan-
geons pas. De petits oliviers donnent quelques
poignées d'olives. On sème là-dessous du blé
court qui est encore en barbe d'adolescent
quand déjà la lourde mer des épis clapote dans
la plaine, on gratte un peu la colline pour faire
des pommes de terre de printemps. Les fermes
sont si loin les unes des autres que leur bruit se
perd dans le bruit du vent. Il n'y a, dans ces collines, que le bruit du vent, le bruit des arbres, la
vie des bêtes, la vie du ciel, la vie de la terre, et,
parfois, le passage des hommes aux bons yeux.
Passage léger : le pied n'écrase pas la terre avec
des souliers à clous mais se pose sur elle avec de
molles sandales à semelle de raphia. De ce passage, rien ne s'écarte : ni l'herbe, ni la bête. Le
paysan des collines est un homme qui enjambe
les insectes. Les mères, en plein été, habillent les
petits enfants avec des feuilles. Ils ne vont jamais
chercher le docteur. Ils savent soigner les
malades par la vertu des herbes. Ils vendent leur
terre de gré à gré, entre eux, avec un seul regard,
comme acte notarié. Ils ont résolu, très simple-

ment, le plus grand des problèmes humains. La terre leur a seulement donné son conseil.

— Tu vas comprendre : je vendais mes pommes de terre, j'achetais du pain avec les sous. Je vendais mon blé, j'achetais du vin ou de la viande, ou des pommes de terre. Je me suis dit : « Eh, où ça va, tout ça, ça tourne comme un mouton lourd. Blé pour blé, pourquoi pas le mien ? Or, tu vas mieux comprendre. Il s'est trouvé que, quand j'ai mordu dans une de mes pommes de terre cuites à la cendre, j'ai dit : « Collègue, ça, oui c'est des pommes de terre ! » Et en effet, ce sol de la colline, c'est un sol neuf, c'est un sol qui donne peu, d'accord, mais il donne peu comme un ouvrier qui fait bien ce qu'il fait. La patate, il y avait tous les goûts de la terre dedans, des goûts du fond du diable, comme on dit ; ça fondait au chaud de la langue comme un beurre. C'est bête ce que je vais te dire, mais ça avait un goût d'ombre, oui, un goût d'ombre, de terre fraîche et d'air. Alors j'ai dit : « Pourquoi pas le blé ; pourquoi pas le vin ; pourquoi pas tout ? »

J'ai fait un four. Il est là-derrière, viens voir. Avec des pierres de là-haut ; elles sont plates au naturel. Je le bourre de thym sec, de souches d'olivier, de sarments, de touffes de lavandin. Ça fait des brasiers magnifiques, tu ne te rends pas compte. Tout le four est blanc d'une neige de feu avec, au milieu, les caboches des souches d'olivier rondes, en braises rouges, ouvertes comme de grosses roses. Et l'odeur de ça !...

Alors, d'abord, j'ai brassé ma pâte en plein air et toutes les bulles de la pâte, c'est de vent qu'elles sont pleines. J'aligne mes pains dans le four ; je ferme la porte. Je vais m'asseoir sous le cyprès. J'en ai pour deux heures à regarder tout l'alentour. Et, justement, un jour, je te parlerai de ça et de ce que j'y vois dans cet alentour.

Pour le vin, c'est pareil. Ça en fait peu : je me mesure à ce que j'ai.

J'ai des poules : ça fait des œufs. J'ai deux chèvres : ça fait du lait et des chevreaux.

Depuis, je ne bouge plus. Je travaille pour moi. Ça m'évite de rencontrer des gens qui ne me plaisent guère. Et ce que je mange, c'est le meilleur de tout.

J'ai des jambes : il n'y a pas de route qu'on n'en vienne à bout avec des jambes et de la patience. J'ai des bras : il n'y a pas de travail qu'on n'assomme avec des bras et de la patience. Et puis, depuis que je fais ça, j'ai du temps pour tout. J'ai du temps plein ma poche. Je peux en dépenser tant que je veux, à ce que je veux ; ça ne coûte rien. La vie est belle !

Ce pays-là va tout en vagues, puis se creuse en un beau val. Un ruisseau est au fond, sous des saules. C'est le Largue. Un Largue large de trois pas. Il ne va pas comme tous les ruisseaux, d'un

flot égal, mais il dort dans des trous profonds,
puis l'eau glisse d'un trou à l'autre en emportant
des poissons, puis tout s'arrête et l'on attend
une pluie là-bas sur les plateaux. Quand on se
penche sur ces trous d'eau, on voit d'abord le
monde renversé des arbres et du ciel. Là, j'ai
compris pourquoi les jeunes filles se noyaient :
c'est la porte d'un pays, c'est un départ ; sous
l'eau sont des nuages, et des arbres, et des
envols d'oiseaux, et des fleurs. Un peu de courage, même pas du courage, laisse faire le poids
de cette chair...

Hélène !

Cette Hélène d'un petit village qui monte au
rocher comme une troupe de chèvres... Et je l'ai
connue, la belle jeune fille au casque noir, au
nez droit, à l'œil vaste. Pour les dimanches, elle
jouait aux boules avec les hommes, devant la
petite guinguette des champs. Elle tendait ses
belles jambes ; elle haussait ses bras épais et sa
petite main attachée de fin lançait la boule. Beppino le Piémontais tanguait par là-dedans avec
ses pantalons à la housarde.

Des chars passaient à la route dans un envol
de fouets, de cris, de jupes, de crinières.

Beppino leur criait : « Oh ! oh ! » à pleine
bouche et l'on voyait ses dents à mordre, et le
fond de sa gorge qui était noir comme l'ont les
chiens de race. Il avait une ceinture de laine
bleue comme le bord du ciel, des pantalons

bleus comme le haut du ciel, une chemise bleue comme la brume des matins de mai. Seuls, ses yeux avaient la verdeur de l'eau.

J'ai vu Hélène. On l'avait tirée de l'eau l'avant-veille ; elle était là devant la porte de sa mère, sur de la paille. Elle regardait tout autour d'elle avec des yeux extasiés. La maison de sa mère est sur la placette du village : un orme comme une grande bête lente tord son tronc et va s'épanouir dans le ciel. Par-delà le rempart s'ouvre le gouffre du val.

De temps en temps Hélène crachait. Sa bouche devait avoir le goût de la vase et des joncs. Elle était encore comme toute mouillée d'ombre.

Je m'avançais. Elle me dit :

— Jean...

(Car, c'était une de ces filles d'ici qui ont des amis hommes, une de celles pures et fières que je nomme en moi-même des centauresses.)

— Jean, mon ami, ah ! c'est dans moi comme un crochet de fer.

Je m'assis à côté d'elle, sur la paille et je pris sa main, une main encore flottante là dans l'air, et son bras ployait du ploiement de l'osier, sans craquer. Je dis :

— Qu'est-ce qui t'a pris, Hélène ? Dieu garde si jamais j'aurais pensé que ça t'arriverait à toi. Comment as-tu fait ton compte ? Je t'ai regardée bouger dans la vie et j'ai toujours vu des choses saines. Tu danses comme du vent doux. Quand tu danses on a faim de toi et on est tout prisonnier du jeu de tes pieds et de la tresse de tes jambes. On a, à te regarder, le bourdon des guêpes dans les oreilles, et c'est parce qu'on voit quelque chose de beau, et c'est le sang des hommes qui sonne comme ça. Tu sais que moi je te dis tout ça parce que c'est vrai, et non pas que je veuille un baiser de toi, ou ton poids dans mes bras. Tu sais que j'ai fait la croix là-dessus comme tu me l'as conseillé, et que c'est oublié pour l'amitié... Tu le sais, Hélène ? Eh bien ! moi je te dis...

À mesure que je parlais, elle serrait ma main ; elle enfonçait ses onglons dans ma main.

— Écoute, non, elle me dit, me regardant de tous ses yeux, et je vis qu'au fond de ces yeux la splendeur et le calme du fond de l'eau étaient restés, non. Tu parles toujours et tu ne sais pas, et tu ne sais presque pas, et alors tu inventes comme toujours, comme ce premier jour où je t'ai vu quand tu mettais des sous dans le piano mécanique. Tu te souviens, Jean, je suis venue, tant je suis bouillante, et tu m'as dit : « Nous dansons ? » Mais, tu ne sais pas danser. Eh ! bien, là, c'est pareil.

— Oui, mais pour cette affaire-là, je sais un peu, Hélène.

— Quoi ?

— Oui, Beppino ?

— Non, je ne suis pas une chienne de Piémont.

Mais ses onglons marquaient dans la paume
de ma main. Elle écouta, dans la maison, le pas
de sa mère. Elle me dit :

— Approche-toi. Voilà : tu ne sais pas. Va
voir ce trou d'Ombrillonne d'où on m'a tirée, et
c'est Josèphe qui criait dans les narcisses, et c'est
à cause du ballon de ma jupe qu'on m'a tirée de
ce côté. Va voir. Couche-toi à plat et regarde, et
puis après tu viendras me dire si, quand on a le
cœur tout crocheté de crochets de fer, on peut
résister à ça.

Elle n'a pas résisté. Elle allait mieux. Elle
allait bien. Ce dimanche, elle descendit au *Café
de la Gare* ; elle dansa puis elle dit : « Attendez »
à ses compagnes. Elle riait. En courant, elle tra-
versa le pont vers l'épicerie qui vend des berlin-
gots, mais sans entrer elle obliqua sous les
saules. Joselet la vit de loin qui se déshabillait.
De belle aubaine il restait là, béant et plein d'air
comme un soufflet arrêté, quand elle se jeta nue
dans le trou. Et cette fois elle put faire le voyage.

Le Largue est tout un chapelet de ces trous. Il
y a, là-dedans, des blocs d'ombre d'où émergent
des poissons indolents étincelants de soleil et
dont j'ai su les noms, mais j'ai fait exprès
d'oublier parce que ça gênait pour les regarder.
Il vaut mieux ne pas savoir. Il vaut mieux ne rien

savoir et garder son cœur tout neuf pour l'émo-
tion. Le nom de ces poissons ne parle pas de
cette tache bleue qu'ils ont sur le triangle de la
tête, ni de leur bouche dentée de grosses dents
rondes, ni de ce mouvement de rein lascif et précis et qui tient prisonnier comme un envoûte-
ment de serpent ; alors, à quoi bon ?

D'un côté du Largue, c'est encore notre colline. De l'autre c'est une plainette, une petite
plaine toute différente de la plaine de
Manosque, mais qui fait partie du rond pays
sous le couvercle du ciel bleu.

Ce qui fait la différence entre ces deux vallées
ce sont les rivières qui les habitent. La Durance
a mordu de ses eaux amères la grande montagne
des Alpes : elle a scié les granits, elle a désagrégé
les grès ; elle a fondu les terres, emporté les
arbres, les prés, les débris de ponts, une ferme
ou deux avec les petits au berceau. De tout ça
elle a fait son lit : la plaine. Elle l'a tassée durement en la battant de sa queue grise ; la terre a
peur. Elle reste là parce qu'elle ne peut pas faire
autrement. Et encore ! Moi, je sais qu'à pas feu-
trés, et contre tout ce que les hommes disent, et
contre les lois de leurs savants, la terre de la
Durance doucement se tire vers les collines,
monte sur les genévriers et les chênes verts et
s'en va. Elle a peur ; elle est là, sèche à côté de
l'eau. De temps en temps la Durance jette la tête
de ce côté, mord, et la terre se recule.

Le Largue a arrangé sa plainette avec tout ce
que le grand plateau Devers-Lure a voulu lui
donner. C'est une entente qui s'est faite, une
longue amitié entre la montagne et la rivière. Et
puis, justement, ce plateau est un doux sorcier
et un magnifique poète. Il est très loin des
hommes, il porte des villages morts. Il n'a
conservé que quelques habitants, les cœurs durs,
les beaux bras, les deux mètres, ceux qui étaient
trop grands pour aller se faire broyer par la
meule des villes. Il y a là des ménages d'Adam et
Ève, des gens qui réapprennent, en allant les
chercher au fond de l'air, les premiers gestes de
nécessité : le claquement de pouce de la fileuse,
le jeu de paume de la navette, le nœud de poignet du vannier. Alors, tout ça, ça passe dans la
terre : ces beaux hommes marchent là-dessus
avec leurs rêves ; les rêves coulent de leur tête
comme des sueurs ; la terre en est baignée dans
l'ombre de leurs pas. Ce serait déjà terrible
comme poids de rêve, sur une terre ; ce n'est pas
tout là. Le plateau est, lui, plat et nu, raboté de
vent, marqué de vent, parcouru par de grands
suaires de poussière qui volent puis s'abattent
avec des bruits de pluie sur les feuilles. Au bout,
là-bas, le Ventoux dort comme une tortue bleue,
avec la tête dans le sable. Le chant du plateau
est une voix d'herbe et d'air, monotone et éter-
nelle, un bruit sourd, toqué de main rêveuse sur
un tambour de feuilles et qui ne s'arrête jamais

de l'aube au soir. Au clair des nuits, la rage lente
de la chanson mâche doucement les cervelles.
C'est l'heure où ces beaux hommes purs et ces
femmes comme des Èves sortent des maisons
avec des gestes de bêtes.

L'aire du plateau est un grand tapis magique
suspendu dans les étoiles.

Ils sont là, par couples, frémissants du fré-
missement des arbres, puis ils étendent leurs
bras en croix. Leur corps est lourd à soulever.
C'est d'abord une danse de boue, les pieds
s'arrachent durement de la terre. Le tambour est
là dans l'air qui bourdonne toujours à sa
cadence, sans se presser, sans taper deux fois
pour une, sans rien changer, et *tong*, et *toung*, et
toung. Et les bras étendus sont comme des ailes,
et l'homme et la femme dansent sur place, face à
face dans la nuit. Les pigeons jaillissent des
pigeonniers des plaines, les hirondelles éveillent
les petites villes des collines, un ruissellement
d'oiseaux coule dans l'ombre ; des trots de bêtes
sont sous les feuilles ; la terre dégorge des fourmis comme une bouillonnante eau noire.

L'homme et la femme chassent doucement les
oiseaux avec les larges ailes des bras et, sous
leurs pieds, le sang vert des insectes fume
comme un encens.

Ils dansent, ils s'approchent, ils se soudent,
bras et jambes mêlés, la danse s'alentit et ils
tombent comme des arbres sur la terre.

De là naissent des enfants étranges, plus beaux que l'or, qui prennent le monde d'un seul coup, au porche de la mère, avec leurs larges yeux ouverts.

Cette terre des plateaux qui sent la fourmi écrasée, la lune et le pied d'homme, elle coule sur la pente des ravins, elle vole en nuages de poussière et le Largue indolent l'emporte dans ce fil d'eau qui glisse de trou en trou. C'est d'elle qu'est faite cette plainette bosselée de bosquets et de fermes pauvres : les branchages secrets de la rivière viennent par le dessous des prairies arroser l'enlacement des racines et, dans le sous-bois des herbes, sue la sueur d'une eau claire et fraîche.

Et c'est là qu'on rencontre au milieu des avoines une fleur à forme d'abeille et qui bat des ailes éperdument dans le vent. C'est là que sont des lacs de narcisses qui collent leurs flots visqueux et immobiles à toutes les ondulations de la plaine, puis doucement s'émeuvent de vagues lourdes et viennent clapoter contre les bergeries désertes. Là, dans les crépuscules, les arbres redressent l'échine et parlent ; l'épouvantail qui gardait les semis se débarrasse de sa croix d'osier, remonte son pantalon et va faire un tour dans la brume ; à chaque tournant de route, un mûrier nu éclate comme une poignée de serpents et, à la pointe de tous les cyprès, terrible sagesse de l'au-delà des nuages, la chouette se balance.

Deux petites villes, vieilles et maigres, sont assises au bord des mauvais prés. D'un millier de bons pas on les réunit, mais c'est pour retrouver les mêmes rides, le même parchemin des façades, la même maigreur dessus l'ossature des poutres et des traverses. Une lèpre ronge les maisons. De purulents décombres coulent dans les rues ; une sanie de sous-préfecture englue les petits cafés sous les platanes. Ces deux-là ont des cœurs en arrière-boutique, lourds de moutarde aigre, de poivre à sable, de viande malade, d'acide de contrebande et de vin tourné ; des cœurs dans lesquels se préparent des envoûtements commerciaux.

Mais, plus loin, sur la pente terminale de la montagne bleue, par-delà deux collines qui mugissent comme des taureaux, un gros bourg solitaire écrase l'herbe peureuse de Lure. On l'a mis craintivement sous la protection d'un saint, du plus faible de tous les saints ; de celui à qui Jésus reprochait :

— Tu es toujours à sucer de la gousse de vanille ; ça te fait la lèvre plus basse d'un côté que de l'autre ; tu baves sur ton menton ; tu dégoûtes toute l'assemblée.

Et qui répondait :

— Maître, j'y suis tant habitué que c'est presque une punition de continuer.

Le bourg est au seuil de la terrible montagne.
Du côté de Lure, les maisons n'ont pas de
fenêtre. Il y a bien un chemin qui monte là-
haut ; ceux qui le prennent, on les laisse seuls :
« Puisque vous le voulez ! » Et on soupire. Si on
les aime bien, on tourne le dos et on entre au
café. Ici, il y a de l'absinthe d'avant-guerre, de la
véritable. Et ceux qui ont défendu d'en boire le
savent et ne disent rien ; il y a probablement une
usine spéciale qui fabrique de l'absinthe exprès
pour ce gros village. Et c'est très bien comme
ça ; il le faut. Pensez-y : ils sont déjà dans Lure,
ceux-là. Ils sont les derniers habitants de toute
cette montagne de Lure.

Voilà le village de l'inquiétude. La fontaine de
la place coule en tremblant puis, d'un hoquet de
sa gorge de grès, elle coupe sa phrase d'eau et
reste muette : elle écoute, puis, doucement, elle
recommence à parler. Le chien dort au chaud
soleil de la rue. Il saute, tend le cou vers le ciel
et hurle son hurlement de lune. On pousse le
rideau, un visage vient à la vitre : deux yeux ; le
rideau retombe. Une femme traversait la place
avec un paquet. Elle a laissé tomber son paquet ;
elle a couru jusqu'à la forge du charron. Maintenant elle revient sur la pointe des pieds, reprend
le paquet et s'en va. Regardez cette enseigne :
Café des Arts. Voyez cette petite queue sous
une lettre et qu'on a essayé d'effacer. Le peintre
était là sur son échafaud et il peignait lente-

ment les lettres, et il regardait du coin de l'œil
le dos de montagne qui monte entre la mairie
et la maison de Sylvie Martin. Arrivé là il a vu...
ce qu'il a vu ; son corps a commencé un geste
de peur, et cette peur est là, désormais ins-
crite sur l'enseigne dans cette petite queue de
peinture.

Un soir, j'arrive au village ; je ne me fais pas
plus vaillant que ce que je suis, mais je dois dire
que je revenais de la montagne. D'abord, cette
fois-là, je ne suis allé que jusqu'au bout du chemin : il se perdait sous la toison basse des
chênes verts ; j'ai bien essayé d'aller plus loin,
mais la terre devenait vivante sous mes pieds et
un peu plus à chaque pas. J'ai fait demi-tour. Ce
qui me donnait du courage, c'est le buis que
Tistou du Valgasse m'avait fait emporter, un
buis long comme un crayon, mais écorché de sa
peau et taillé suivant la science que Tistou
connaît. « Si ça te prend, il m'avait dit, jette le
buis devant toi et ferme les yeux. Ne les ouvre
pas d'un bon moment et puis retourne. » Une
chose comme ça vous donne tout de suite un
peu plus d'aplomb, mais Tistou avait ajouté :
« Quand tu reviendras dans ce pays, fais-le-moi
savoir. Tu n'as même pas besoin de venir
jusqu'ici, va au Valgasse, demande Firmin, celui
qui me monte le manger et dis-lui : "Dis à Tistou que Jean est de retour." » Et quand on est
seul dans Lure, il est mauvais de se souvenir que

quelqu'un vous attend avec inquiétude, surtout un comme Tistou, un qui sait quoi.

Donc, j'arrive au village ; j'avais dû mal faire mon compte ; la patache était partie. J'ai appris depuis qu'il faut la guetter comme une bête sauvage : elle vient sur la place, elle se cache sous les platanes, elle reste là un moment sans bouger puis elle s'en va doucement sans se faire voir, par les petites rues détournées. C'est seulement quand elle est loin, au large des champs, qu'elle se met à galoper à bride abattue.

Me voilà seul, et les rues vides, et les portes barrées, et les fenêtres closes, tout comme un village mort. La nuit venait, il faisait frais dans ce soir-là. Je connaissais vaguement le notaire ; je me dis : « C'est l'occasion... »

Il était là, tout maigrichon dans son étude froide ; une haute fenêtre Révolution française plaquait ses petits carreaux sur des prés et sur un morceau de la montagne. Elle fut tout d'un coup ébranlée par le bouillonnement d'une hydre aux mille bras et des griffes grincèrent sur la vitre. C'était le grand figuier inquiet de vent et qui essayait d'entrer.

Maître Servane. Tout replié sur lui-même comme un petit chat malade, son haut col de celluloïd trop large battait autour de son cou en faisant sonner ses boutons. À chaque assaut du figuier, Servane arrêtait ses gestes ; il regardait la porte, ouvrait la bouche comme pour crier.

J'étais sur le point de lui dire : « Vous ne voyez pas qu'il a faim, cet arbre, méfiez-vous, faites-vous monter une hache et gardez-la à portée de la main ; c'est peu de chose, somme toute, une vitre, et si jamais cette grande branche entrait... »

Servane se leva pour allumer sa lampe à pétrole. Il réglait la mèche : l'ombre se mit à battre des ailes dans la chambre. Je tâtais, au fond de ma poche, le buis taillé de Tistou. D'un bond, l'homme fut sur moi. Une raide feuille de papier timbré cliquetait dans sa main tremblante. Il dit :

— Vous savez ce que c'est que la précision, vous ?

Il était là à me souffler dans le nez une aigre haleine de notaire malsain.

Je fis :

— Oh, oui, enfin... je ne sais pas... que voulez-vous dire ?

— La précision, il dit, la précision, ce qui est précis, qui ne laisse de place à rien, ce qui fait que la chose écrite devient plus dure que la pierre.

Il soupira. Je ne répondais pas ; je m'enfonçais dans le fauteuil, comme pour trouver une sortie par le travers du dossier ; il me bouchait l'ouverture des bras de reps.

— La précision. Si on ne l'est pas, une chose vient, entre dans l'acte qui est mou comme de

la boue, une chose vient, happe un bout de
ferme, tire un champ comme un drap, prend
les moutons l'un après l'autre et à la fin on se
pend. Cette ferme de cette après-midi, pour le
testament, c'est Sainte-Marthe, ou Sainte-
Marto ? Dites, vous le savez, vous ? Ou bien
Santé-Martho, avec un *h*, ou sans *h*, vous le
savez, vous ? Ce pays est terrible et faux comme
de l'eau. Je mettrai les trois noms. Bon, mais
pour le reste ? J'ai réfléchi et j'ai tout ajouté au
bas (il tapa de l'index sur le papier timbré) et
j'irai demain leur faire signer l'ajout. Tenez :
lisez.

Il me délivra. Il retourna à son bureau. Il avait
laissé le papier sur mes genoux ; je le pris et je
lus. Il avait ajouté, au bas de l'acte, d'une petite
écriture serrée et très lisible :

« Le présent acte a été dressé par : Me Servane, venu sans clerc, à la ferme de Sainte-
Marthe, ou Sainte-Marto, ou Santé-Martho ;
ledit maître Servane ayant à cet effet élu provi-
soirement domicile à la ferme sus-indiquée dans
une cuisine, ou une pièce à usage de cuisine pre-
nant jour au nord. »

Là-bas à sa table, il répétait entre ses dents :

— Jour au nord... jour au nord... jour au
nord...

Il bombait le dos sous les coups d'aile de
l'ombre, et tout son front était charrué d'inquiétude.

On prit le repas en bas, dans la salle à manger : Servane, sa fille Julie, Madame et moi. On avait débarrassé quatre chaises de leurs housses ; une autre housse recouvrait le lustre. On en écarta un coin pour faire saillir un bout de fer forgé et une lampe. On alluma la lampe, et elle se mit à éclairer le couvert d'un air rusé et comme en cachette.

Mme Servane est une de ces grosses femmes montagnardes faites par la montagne à son image.

Elle remplissait avec d'énormes seins un corsage aux manches à gigot. Sa jupe provençale à trois tours faisait une colonne cannelée jusqu'à ses pieds. Une épaisse moustache virgulée au coin de ses lèvres tremblait sous son nez.

Mademoiselle Julie avait seize ans à cette époque. Je ne la vois plus qu'à partir d'une de ces larges bagues à gros cabochon noir. Tout le reste était de chair blanche et molle sans couleur, sauf aux yeux, des bassins ovales pleins d'eau luisante.

— Tu as fermé la porte, demanda la dame, et le volet ?

— Oui, le volet, c'est moi, dit Julie.

— Et la porte ?

— Ah ! oui, la porte ?

— Ce doit être moi, fit Servane.

— Tu en es sûr ?

— Oui, je crois.

On alla voir si la porte était bien fermée.

— Elle est fermée, dit la fille.

On se mit à manger en silence. Servane regardait le buffet, puis, d'un coup sec, en surprise, il portait son regard vers le canapé, puis de là, il l'envoyait sur un coin du plafond, puis il le laissait tomber sur une vieille épinette qui grommelait dans un coin, au mouvement de la maison. Il gardait ainsi sa bouche pleine de gratin d'épinard, sans mâcher, et le jus vert dessinait le milieu de ses lèvres rasées.

Mme Servane leva la main :

— Julie, elle est fermée, tu as dit ?

— Oui, maman.

— Et la chaîne ?

Servane se réveilla et regarda sa fille :

— Oui, et la chaîne ?

— Aussi, papa.

— Et le verrou d'en haut ?

— Ah ! non, maman ; je n'ai pas vu le verrou d'en haut.

La lourde main de Mme Servane tomba sur la table.

— Ah, il me semblait. Va, ma fille. Sans le verrou, elle est comme ouverte. Va mettre le verrou.

On eut un moment de calme. Le regard de Servane sautait toujours, hop, hop, comme une pie.

Une ruée de vent donna de l'épaule contre la maison et un choc ébranla le mur. C'était là-haut.

— Le volet ! s'exclama Mme Servane.

Julie baissa la tête. Je compris qu'elle avait peur de monter seule dans la maison vide. Je quittai ma serviette.

— Si vous voulez, je vais vous accompagner, mademoiselle.

Elle portait la lampe ; elle abritait l'embouchure du verre de lampe avec sa main en coquille. Je voyais Julie devant moi, à contre-jour. Elle avait de belles hanches pleines ; dessous sa robe d'été, ses cuisses se mouvaient avec un bruit de jeunes vagues.

C'était au troisième étage, au bout d'une grande chambre vide. Je mis la barre au volet mais, comme je me penchais au-dehors, une mâchoire froide mordit ma nuque. Je me secouai pour faire lâcher prise. Le grand corps du vent se mit à battre de droite et de gauche contre les murs mais ne me lâcha pas. Je fis un bond vers Julie.

— Oui, je suis là, dit-elle.

Et je rencontrai sa main à la large bague.

J'avais besoin de tâter de la chair humaine entre mes doigts. Je serrai Julie dans mes bras. Cela fit un bruit de ferraille et je sentis contre mon flanc l'armure et les charnières d'un corset orthopédique.

Nous descendîmes.

Cramponné à la table, Servane regardait fixement l'ombre. Madame, les yeux ronds, écoutait le silence enfin revenu. Je fis un pas dans la salle à manger. Je me fouillais, je pris à pleine main le buis taillé de Tistou, et, fermant les yeux, je le jetai devant moi.

Il sonna pourtant au beau milieu du couvert, faisant tinter la carafe et un verre, mais, ni Servane, ni Madame ne parlèrent. J'entendis seulement le petit bruit métallique de Julie qui s'asseyait et tranquillement approchait sa chaise de la table.

★

Voilà l'ouest, voilà la fin de notre périple et, justement, dans cet ouest, voyez ces deux collines pareilles à deux corvettes pétrifiées. Elles sont là, donnant de la bande, couchées sous un ancien vent qui, depuis longtemps est mort ; elles sont là... Elles allaient, allégées de hautes voiles, et le pont et les mâts grinçaient sous le poids de la course balancée, quand la colère des dieux les arrêta sur l'océan des collines figé jusqu'à fond de vague.

Quel mystérieux Ulysse avaient-elles reconduit ?...

La cale de ces collines est pleine de graines étranges. Par les après-midi d'août, calmes et lourdes comme des génisses, une fleur à ventre de négresse dévore les frelons et les guêpes. Elle émerge d'un taillis résineux ; elle a des lèvres épaisses et sucrées. La guêpe vient. Une haleine de pourriture l'étourdit ; la bouche végétale clape sur elle, adieu... Toute la plante tressaille jusqu'aux racines.

Parfois, sur ces vaisseaux de pierre, sonne le pas de l'antique équipage. Des hommes casqués de foulards rouges à fleurs d'or, de grands bras bruns sortent des chemises étripées, des guêtres d'étoffe serrent les jambes. Il y a avec eux des femmes qui sont comme des princesses douloureuses, de beaux yeux-papillons, toujours à voler en secouant des couleurs, des lèvres saignantes râpées jusqu'au sang par le flux rocheux des cris et des lamentations. Ce sont les « *descobridadorès* », ces éclaireurs que le gros de la troupe bohémienne coulant vers les Saintes détache de son bord et lance comme des flammèches « à la découverte » dans le pays.

Ils campent dans l'herbe, joignent trois pierres et font la soupe. Des petits garçons nus comme des satyreaux courent dans le thym en secouant leur sexe, et la course de ces enfançons a les angles et les cris d'une joie d'hirondelle. Ainsi, j'ai connu Mocco quand il était presque cet enfant-chèvre, moi fils de savetier rêveur. Nous fîmes amitié dans le grand camp enfumé des pirates et des princesses selon le rite de la feuille de chêne.

Il dénuda mon bras en remontant ma manche de blouse, barbouilla de salive une feuille et me la colla sur la peau ; autant pour lui et, face à face, le bras tendu on resta.

Les deux feuilles tombèrent ensemble. Il dit :

— Amis.

Je compris que c'était pour la vie.

Son père nous regardait : un homme ligneux et flexible, aux moustaches en longe de fouet.

La roue des ans a fait la folle comme un soleil de feu d'artifice. J'ai revu l'autre an, à l'orée des pinèdes, un « descobridador » casqué du foulard et qui regardait la plaine de dessous la visière de sa main.

Mocco !

Il m'expliqua ; il aplatit la poussière avec la paume, et tous deux, penchés sur cette page de la terre, il dessina de l'index la barque nocturne à bord de laquelle son père était parti vers le pays des morts.

— Et de libres chevaux, dit-il, galopaient sur le cal de la tombe.

De ce campement dans l'ombre je me souviendrai tant que durera ma vie. Tous feux éteints, assis à la proue de la colline, nous cinglions en pleine nuit ; notre sillage d'étoiles bat-

tait de la queue dans le ciel, et lui, il me parlait
de son amitié en mots sauvages pleins de sang.
Sa femme vint s'asseoir à mes pieds. Elle prit
ma main, elle ouvrit son fichu et elle empri-
sonna ma main avec ses seins. Lui, il me parlait de son amitié en mots sauvages. Il avait
comme déchiré sa poitrine avec son couteau ;
il écartait la plaie, il me montrait du doigt :
« Tu vois mon cœur, tu vois ma rate, et mon
foie, et mon ventre plein du jus vert des
herbes, et ces deux poumons bourrés d'air :
c'est tout à toi. » Et le bourgeon du sein, brû-
lant et dur, entrait dans ma main comme un
clou de la croix.

Elle me rejeta. Elle se dressa ; elle dit :

— Il a subi l'épreuve.

Il y eut le silence de la nuit. Elle soupira ; elle
dit encore :

— Sa main est devenue comme de la glace,
de la glace morte. J'ai maintenant ce froid mort
en travers de moi. Il n'a pas remué les doigts.
C'est bien l'ami.

Oui, mais sur ma route de retour, je m'arrêtai
dans la nuit et je respirai longuement sur ma
main l'odeur anisée de la femme.

Deux ondulations de terre sans histoire et
puis, voilà Manosque.

★

Aïe, ma mère !

Avec l'huile et le sel, avec l'huile et le pain, tu m'as nourri de ces collines.

Elle est ma chair, cette terre rouge de thym ; les branches ont crevé ma peau, je suis hérissé de feuillages, et me voilà maintenant comme une lagremuse, tout chaviré de mon gros cœur tumultueux.

Aïe, trop douce !

Il fallait préparer la galette d'ortie ou d'amères valérianes et me faire mâcher le bois sombre des buis.

AU PLEIN CANON
DES FONTAINES

Manosque est à la pente des collines, au fond d'un golfe de la plaine. Son cœur est une table de multiplication. Elle se réveille la nuit et, à voix basse, elle refait le compte de ses camions ; dès le matin, elle attend la cédule où pour ce jour, et pour ce jour seulement, est marqué le prix de toutes les herbes : elle pointe les prix avec son doigt et elle regarde dans la plaine et dans la colline ce qu'elle pourrait bien arracher et vendre. Elle brasse à gros ahans une épaisse pâte de richesse ; elle est lourde de blés, de melons, de raisins, de pommes d'amour...

Non, c'est la Manosque-des-Plateaux que j'aime.

Dans le puits de la mairie, il y a trois dragons autrichiens. Trois dragons, et d'aucuns disent : trois dragons et un vélite. Mais celui-là ne compte guère : il était saoul à rendre le vin quand on l'a jeté là-dedans.

Bien sûr, ça n'est pas de maintenant, mais,

vous savez comme moi que ce puits-là n'est pas
un puits ordinaire, et qu'au fond l'eau y coule
d'un courant assez fort. Eh bien, si vous venez à
la fenestrelle, si vous écoutez en retenant votre
bruit de vie, si vous êtes un Manosquin-des-
Plateaux, vous entendrez parfaitement les
casques, et les sabres, et les cuirasses que l'eau
brasse et fait danser.

Le plus embêtant de l'histoire c'est que ces
trois chevaux restaient sans maître. Le vélite,
bonne affaire, il était à pied ; on envoya en bas
son sac et son fusil, mais les chevaux, comment
faire ?

Déjà qu'on n'était pas bien noté par tous ces
1815.

Alors, Burle dit :

— Moi, je les enlève, si vous voulez. Je les
prends, je les mène dans les collines, je les
mène, je les promène tant que vous n'aurez
pas réussi à faire saouler le chef de pa-
trouille.

Il est parti. Il n'est plus revenu. Jamais plus.

Mais, vingt ans ou trente après, on a su qu'à
Krönenberg ou un nom comme ça, il y avait une
religion nouvelle faite de trois chevaux et d'un
plant de sauge. On sut que le messie des montagnes sapinées faisait de ses mains du mortier
de lait de chèvre, de ce mortier des fromages
blancs, et qu'il dessinait sur la croûte une étoile

en feuille de sauge. Ça, c'était la marque de Burle.

Alors ?

Alors, on écouta tous ces bruits qui venaient d'Autriche. Il y en avait qui arrivaient ici pleins d'angelots bousculés cul dessus tête, tous neigeux de plumes d'anges comme un étripement d'oreillers, et on restait alors trois jours à respirer le vent qui sentait la sauge.

D'autres sonnaient mou comme le sang du cochon quand il passe dans la bassine. On disait : « Quand même, pauvre Burle ! » Et on allait écouter au puits de la mairie le tintamarre étouffé des casques, des sabres et des cuirasses.

Alors ?

Alors, voilà, c'est fini : ceux de Manosque ont oublié la force de la sauge et la force des chevaux ; mais on n'est pas une ville des collines sans courir le grand danger. Parfois, les herbes et les arbres descendent et font éclater les maisons.

*

Au beau milieu de la rue principale il y a un petit café. Il faut le voir. Il n'a pas de balcon dix-huitième, ni de sirène de pierre avec une touffe d'avoine dans le nombril, non, il est tout simplement, tout humblement à genoux au ras de la rue et il baisse un peu la tête. Il est sous

l'enseigne d'*À la Citerne*. Ça dit bien ce que ça
veut dire. C'est une oasis.

Il a été tenu par un qui revenait du Mexique,
d'abord. Celui-là sortait dans la rue avec son
chapeau en pain de sucre et il avait des moustaches tant noires que les vieilles filles disaient
en le regardant passer : « Je te dis que c'est de la
teinture. » Au fond, il leur faisait peur, mais c'est
une douce peur quand elle vient de ces beaux
hommes aux yeux de charbon allumé et qu'on
n'a pas été si laide que ça, dans le temps.

Il avait, je me souviens, deux clients, toujours
les mêmes, deux bons petits vieux de l'hospice.
Ils avaient dit à la sœur : « Ma sœur, on va regarder jouer aux boules, c'est là-devant. » Oui,
mais, là-devant, tapin-tapant de la canne, ils
montaient la rue, rire naïf dessus la bouche mais
dans le dedans de la tête le grand désir dansant
comme un serpent. Ils traversaient la placette,
descendaient l'autre rue. Les voilà *À la Citerne*.

Mon José, en beau fainéant, était là assis sur
quatre chaises : une pour les fesses, une pour les
jambes, deux pour les bras écartés. Il leur tirait
deux petits pots de ce vin qui sent la mûre et ça
demandait du temps, à lents gestes, et si l'envie
lui prenait il laissait pleurer la robine pour se lis-
ser le fil de la moustache ; il leur poussait les
pots devant, d'un rond de bras, puis il bâillait
à pleines dents un : « Alors la santé ? » au même
moment où son poids retombait sur les quatre

chaises. De ce « alors la santé » qui n'était que
le débond de la source coulait à engluer tout
l'après-midi une sirupeuse histoire de Mexique,
de barre d'argent, de pétrole, de tête en étoile et
de filature de tripes d'homme : un beau cata-
plasme au sang, au poivre, à la révolution, de
quoi endormir toutes les amertumes de la vie.

Au pétant de six heures, les deux lascars pre-
naient la porte d'un « au revoir, José » en laissant
leurs douze sous sur le marbre. Ils revenaient à
l'hospice et, soit le vin, soit l'histoire, ils se heur-
taient à la din-dan-don tout le long de la rue,
comme des cloches.

Tout va bien comme ça jusqu'au beau jour
où l'économe refait ses comptes. Il compte, il
recompte, il dit : « Il faut supprimer quelque
chose », et on supprime le café du matin. Sans
ça, qui se serait jamais aperçu de la jeunesse
d'herbe de ces deux vieux ? L'un était Chède
Molinas, avec de beaux rhumatismes en paquets
de clous dans les jointures ; l'autre Valérius
Martelle au regard tout ensanglanté de con-
jonctivite ; mais à voix basse ils s'appelaient en
eux-mêmes « capatasses ». Une belle jeunesse
d'arbres épais, d'herbes mamelues comme des
femmes, de fruits à lait, de beau soleil, de montagnes en scie et de poussière élargissait leur
tête.

Et cela fit une révolution à la mexicaine avec
barricades à la porte du dortoir, cris et piétine-

ments de ces vingt et un enfermés pour la liberté du café matinal.

Il y eut, chez les bonnes sœurs, un quart d'heure de désarroi. C'était l'hiver. On entre-bâilla la barricade et on prit le seau pour descendre au charbon, mais une embuscade était tendue, avec sœur Polonie sur le palier du premier étage, cachée dans l'oratoire et les trois sœurs Thérèse, Clémentine et Marie-Madeleine au rez-de-chaussée.

Comme celui du seau arriva au dernier escalier les trois sœurs sortirent en disant : « Ah ! en voilà un. » Il essaya de rebrousser chemin, mais sœur Polonie lui barra la route en remuant son trousseau de clefs et il se rendit.

C'était Valérius.

Celle qui vint à bout de Chède fut sœur Mathilde. Elle était jeune et comme la vierge, et toutes ces toiles raides bleues et blanches faisaient autour d'elle quand elle marchait le bruit d'un vol de colombes. Elle appela Chède doucement d'entre les verveines du jardin. Il parut. Au bout d'une longue canne des prés elle lui tendit un morceau de sucre.

Il y avait aussi, comme client de *À la Citerne*, un cordonnier toscan. Il parlait à l'échevelée dans le moulin de ses deux bras. Il habitait « dessous les cloches », c'est-à-dire dans cette ruelle qui entoure le clocher, une maison qui perdait sa

chair comme une grande malade. Il arrivait tout
d'un coup *À la Citerne* avec son tablier de cuir et
un tranchet à la main. Il faisait péter la porte
contre le mur ; il brutalisait les chaises ; il allait
s'asseoir au fond, dans l'ombre, et il demandait
du vin. Le tranchet était là, tout aiguisé sur le
marbre.

Il criait un :

— Ah ! Christou, d'être seul dans la misère. Il
buvait, payait et sortait.

Un soir, une pauvre fille, blanche comme du
sel, poussa doucement la porte et entra. Elle
était toute lessivée d'un gros orage qui avait tenu
la campagne et battu le chaudron sur la ville le
durant de l'après-midi. Elle n'avait plus de
lèvres et plus de regard ; tout était blanc et mou
et les cheveux étaient plaqués sur ses joues
comme des herbes d'eau. Elle resta là deux jours
à boire, à pleurnicher, à ronfler. On sut qu'elle
sortait de prison, ayant noyé son enfançon, voilà
un an, dans la Durance. Au bout des deux jours,
le Toscan arriva. Elle était saoule de cet épais
vin noir dans son ventre vide. Il but. Il vint près
d'elle, il l'empaqueta dans son bras et il
l'emporta. Elle eut de lui, dans les cinq ans
d'après, sept gros enfants, ayant fait deux fois la
paire. Sept gros enfants épais comme des cra-
pauds et blancs comme elle. Elle, toujours de sa
blancheur de sel avec pourtant deux touches de
couleur grise dans l'emplacement des yeux. On

ne la voyait qu'un peu aux beaux jours, à la lisière de boue de sa ruelle. Elle respirait l'odeur des étables à chèvres puis elle rentrait. Lui, là-haut, battait le cuir.

Le soir, le Toscan sortait. Il s'en allait « dessous les cloches », descendait la rue Voltaire, puis l'Aubette. Ce sont des quartiers tout noirs à la nuit. Il attendait près de la fontaine. À cette fontaine viennent boire les troupeaux transhumants. Il attendait. Il écoutait. Si dans l'air il n'y avait pas le ruissellement des campanes des troupeaux, il se décidait, pas après pas, jusqu'à aller frapper à une porte basse. Sitôt son coup donné, on entendait tout un déclenchement par là-bas derrière ; la porte s'ouvrait, il entrait.

C'est de ce moment-là qu'il emprunta un pic de terrassier à Jeppi Maurel ; c'est de ce moment-là qu'il revint boire *À la Citerne* en payant d'écus alignés et qu'il acheta un beau gilet de velours à boutons de chasse. Voilà, tout ça, et il mit encore un enfant sur le chantier, et roule la roue.

Parfois, il allait s'asseoir dans son coin, il sortait des herbes de sa poche, il les alignait sur la table, il les triait. Les unes, il les jetait ; les autres, il les gardait en bouquets. José le faisait toujours au coup des quatre chaises, puis il resta sur trois, puis sur deux, puis sur une comme tous, puis à la fin il se mit debout devant le Toscan, il tendit lentement son bras et son index pointé au bout et il dit :

— Qu'est-ce que tu as là ?

Là, c'était juste au-dessus de la moustache du Toscan, entre la moustache, le nez et la joue, une ronde tache blanche comme du sel. « Là ? » demanda le Toscan. Et il toucha le mal et de la croûte resta sous son ongle noir.

Il regarda au bout de son doigt cette chose comme du son et il reporta ses yeux élargis sur José.

Celui-là, la tête dans les épaules, tremblait et rongeait son poing à grands coups de dent.

Un troupeau transhumant s'arrêta de nuit près de la fontaine. Ça fit là-bas des sonnailles, et des bêlés, et des hennissements de cavales, puis tous les ânes commencèrent une chanson éclaircie par l'air des montagnes. Tout le quartier réveillé entendit un pas lourd et lent de berger qui remontait la rue Aubette, puis le pas se perdit dans les boues de dessous les cloches.

À la pointe de l'aube, José ouvrit sa devanture et allait balayer le trottoir quand le berger passa le coin de la rue. Il dit :

— Il n'est pas là, le cordonnier ?

— Si, dit José.

— J'ai passé la nuit à sa porte, dit le berger. J'ai tapé et c'est tout sourd dedans.

— Ah ! dit José.

— Oui, dit le berger.

— Seulement, moi, dit encore le berger, il
faut que je parte. Tu lui donneras ce paquet.

Et il laissa à José un paquet dans du papier
journal. Sitôt rentré, José hésita, puis il alla chercher les pincettes à feu, puis il déplia un peu le
paquet. Dedans c'étaient des herbes. Il replia le
paquet, il le mit dans un coin par terre, puis avec
du trois-six il lava la table où il avait posé le
paquet, il lava les pincettes, il frotta ses mains, il
frotta ses joues ; il renifla l'alcool, il en but un
petit verre en se forçant, et avec tout ça il resta
inquiet.

Le Toscan vint à l'après-dîner.

— Voilà un paquet, dit José, en désignant
l'affaire du menton.

— Donne, dit le Toscan.

— Prends-le, dit José sans bouger.

Le Toscan sortit une main de sa poche. Elle
était devenue grosse dix fois comme une main
ordinaire, et lourde, et tout enflée, et blanche
comme du sel, et la tache sur la figure était mon-
tée jusqu'au-dessus de l'œil, et la bouche du
Toscan s'était épaissie comme un groin de porc.
Il n'avait pas quitté la porte que José embou-
chait la bouteille d'eau-de-vie.

Près de la fontaine aux troupeaux on trouva
un grand morceau de chair sèche, épais comme
un morceau de cuisse d'homme avec, dedans,
une cannelure, comme la cannelure de l'os.
C'était sec en écorce d'arbre. On jeta ça sur le

fumier. Mais l'après-midi on sut, par un de Cor-
bières, tout suant, tout dépoitraillé d'une course
à la déhanchée à travers les labours, qu'on avait
trouvé près du grand jas un homme mort en
limousine de berger. Un homme enflé, tout sec
comme de l'arbre et rongé d'une sorte de lichen
blanc comme du sel. Il lui manquait un morceau
de cuisse. D'ailleurs, il devait perdre sa chair
partout, parce qu'en le ramassant, dit-il, « il vous
restait tout dans les mains ».

La femme du Toscan sortit dans la rue au
plein jour ; elle battait des yeux comme une
chouette. Elle avait tous ses petits avec elle. Elle
portait le plus jeune, donnait la main à un ; les
autres la tenaient par des bouts de sa jupe, et
son ventre poussait le tablier loin devant elle.
Ainsi, elle descendit la rue, passa le portail ; elle
s'en alla, à la bête sauvage avec tous ses enfants
dans son ombre.

Le soir, le Toscan sortit aussi. Sa tête maintenant était comme un mufle de bœuf et tout
écroulée sur l'épaule droite. Il lui manquait deux
doigts à la main droite mais ses autres doigts
étaient si épais qu'on ne voyait pas le vide. Il vint
À la Citerne, José poussa la porte. Le Toscan
essaya d'ouvrir. José dit : « Non ! » du dedans, et
il tenait la porte fermée avec son pied.

Le Toscan leva lentement sa grosse main
enflée et son bras épais comme un tronc. Il leva
péniblement sa main comme pour taper en

pleine vitre, mais il s'abattit sur le trottoir, il
roula dans le ruisseau et c'est là qu'on le
ramassa.

On ne sut jamais.

On interrogea les médecins. Ils disaient :

— Non.

— Nous ne savons pas.

— Non.

Mais ils allèrent embarquer au train leurs
femmes et les enfants, et ils avaient dans la
poche des bouteilles plates avec des liquides à
odeur et, à tous les moments du jour, ils se
lavaient ou reniflaient au goulot.

Le Toscan mourut dans l'hôpital. On resta
seulement un jour de l'enterrer. Son odeur suin-
tait du dépositoire et allait empuantir les jardins.

On fit, à la femme échappée, une chasse à la
sanglière. On avait dit : « Elle a le germe. » On
dressa des pièges, on prit l'affût, on fit la battue
en ligne et les hommes étaient armés. Cepen-
dant on avait conseillé :

— Ne tirez pas, sauf si...

On la prit à la bauge, presque morte, et ses
enfants étendus autour d'elle comme des jon-
chets. Elle était toujours blanche comme du sel,
et le mal se voyait moins sur elle, mais cepen-
dant, quoique encore vivante, son nez était
tombé en poudre. Les hommes, ils étaient là
tout autour d'elle avec leurs fusils relevés ; ils
n'osaient pas l'approcher. Quand elle bougea

son bras pour toucher la tête d'un de ses petits, ils se reculèrent tous d'un saut, à l'enjambe-serpent.

C'est longtemps après qu'on enterra, en pre-mière classe, avec les chevaux à pompons, un vieux capitaine de marine. Ça passa presque ina-perçu. Il y avait bien longtemps qu'il ne sortait plus et, les derniers temps, il sortait plié dans un grand caban et le capuchon sur la tête.

Il habitait juste à côté de la fontaine aux trou-peaux. Il paraît que, sur la fin de sa vie, il ne pouvait plus bouger. Il restait dans son fauteuil et il avait imaginé tout un déclenchement de fils de fer pour ouvrir sa porte quand on y frappait. Il avait rapporté des îles d'Amérique une espèce de maladie sèche qui changeait sa chair en sel acide. Il se soignait avec des herbes. Comme il ne pouvait pas bouger, il payait des gens pour qu'on parte lui chercher ces herbes dans la col-line ou même dans la montagne par l'occasion des bergers. Toute sa maison était pleine de ces herbes sèches. Il y en avait deux murs tout le long du couloir, il y en avait plein sa chambre, jusqu'au ras de la fenêtre, il y en avait même de vivantes, de ces herbes ; le fond s'étant pourri et des graines ayant trouvé ce terreau, il y avait de belles tiges vertes et saines qui sortaient en ombelle ou en fusée avec des fleurs et avec des feuilles.

*

Cette fontaine de transhumance est sur le
bord de la ville, hors des murs. Elle émerge d'un
antre sombre et elle appuie au ras de l'ombre
son mufle épais à trois canons. Elle vomit sans
grâce une eau plus transparente que du verre et
si fraîche qu'elle tue les mousses et ces petits
insectes chevaucheurs d'ondes à longues pattes
qu'on appelle ici des tisserands. La pierre de son
bassin est donc nue, la vie de la pierre résiste
seule à la glaciale morsure de l'eau. Mais ses
canons sont entourés, malgré tout, d'une
mousse sèche attirée et brûlée par l'eau comme
les papillons par une lampe.

Tout cet arrière-train de fontaine qui est dans
l'ombre forme lavoir. Les femmes viennent là
avec des caisses, s'agenouillent dans la paille et
se mettent à pétrir leur pâte de linge. Mais elles
ont vite froid, elles sortent alors au soleil et, bras
nus, elles jouent à la balle. Elles ont fait un jeu
de paume avec le mur d'une écurie et la chose
ne chôme guère. Une vient toute ruisselante,
jette la balle à main gourde ; celle-là s'en va
réchauffée et retourne à fouler les draps. Puis
une quitte la partie et s'en va à pleine course sur-
veiller son dîner qui est sur le feu. C'est une telle
joie de jeunes filles que les enfants qui regardent
ça en deviennent graves et on vient plus volon-

tiers laver à cette fontaine qu'à d'autres d'eau
souple.

Aussi bien, tout cela se passe dans ce quartier
d'Aubette, cette porte par laquelle l'aube entre
dans la ville. Tout le quartier se ressent de cette
visite matinale : les vieilles gens n'y sont pas des
vieilles ; à l'époque des lilas les aïeules fleu-
rissent leurs pauvres poitrines autant que les
jeunes à seins durs. Les filles, sans calcul,
montrent des chairs aimables, ont, pour le désir
des hommes, des indulgences généreuses et
conservent toute leur vie ce beau regard coura-
geux et naïf des petits enfants. On va dans la rue
en socques et en patins. Les pieds sont nus : des
pieds fraîchement sortis de la bible, avec les
doigts bien écartés, l'assise large et le talon en
poupe de voilier. Tenez, à peine un mois, dans
la ruelle de la Brasserie, il y avait, dans la boue
durcie, l'empreinte de pas d'une femme. Deux
empreintes seulement, très nettes : ensuite plus
de traces, à partir de là ; la femme s'était peut-
être envolée. C'était, dans la ruelle déserte,
comme deux fleurs, à peine un rond comme
vingt sous pour la place du talon, un trou pour
la paume, puis le dessin de tous les doigts et les
cinq accents des griffes. Une belle foulée de bête
saine, souple et cruelle. Je me suis penché là-
dessus ; j'avais envie de revenir à la nuit pour
découper tout autour la terre avec mon couteau
et emporter la motte.

Si on va en socques... cette fille est venue au seuil, elle a croisé haut ses jambes, et, avec sa houpette, elle se poudre les talons. Oui, la poudre de riz, parce que c'est seulement ça qu'on voit quand on est bousculé par le sillage d'une belle fille.

La socque haute donne ce déhanchement vélivole du vaisseau qui va bon vent, et ça fait bomber les seins, et le mieux qu'on est pour marcher c'est mains aux hanches ; et l'on sent bouger tout son corps entre ses mains comme le tronc d'un mât. Le patin de raphia est plat et juste assez élastique pour laisser au pied l'appétit de la marche. C'est bon pour aller loin et porter tous les fardeaux de la femme : la brassée de foin, la corbeille à linge, l'enfant à naître.

Oui, ce quartier d'Aubette, on sent bien qu'il reçoit la première flèche de l'aube. Elle vient taper toujours à la même place, dans un mur où, peu à peu, elle a fait un trou. J'ai remarqué ça depuis que Tistou de Valgasse m'a parlé de cette vallée de l'Asse fendue par les raies de l'aube. De là, la flèche... À y bien réfléchir, c'est moins une flèche qu'une herbe ; on dit flèche parce que ça vole droit et juste, mais si vous avez essayé une fois de lancer devant vous une longue tige d'avoine vous savez que cette herbe empennée de ses graines vole aussi droite et juste. Eh bien, c'est ça : ce que jette l'aube, c'est une herbe

longue et dure ; ce premier rais en a la verdeur et
le parfum.

De là, donc, l'herbe verte rebondit, ses graines
volent dans les fenêtres, pètent aux vitres ; il y a
dans tout le ciel un vol de duvet et c'est soudain
tout blond. Et c'est vert, et c'est blond dans les
yeux de tous ceux et de toutes celles qui vivent
en Aubette. Ainsi commence la journée, et vous
ne voulez pas être toujours jeune, comprendre
l'amour, savoir jouer à la balle à cinquante ans ?

J'ai vu beaucoup de chambres dans ce quartier d'Aubette. Elles sont toutes pareilles : un
pot de basilic sur la fenêtre et, à la fenêtre en
dehors, la cordelle pour étendre le milloton du
petit ou la serviette de toilette ; une armoire :
sur le marbre de l'armoire la pendule sous un
globe ; trois, quatre corsages de coton étalés sur
des chaises : trois, quatre, cinq, on ne sait pas
avec ces couleurs en couteau, et il faut qu'ils
soient étalés parce que celui-là fait bien pour
l'instant, mais tout à l'heure il faudra peut-être
changer, en se fiant soit à la couleur du jour, soit
à la couleur de la pensée.

Mais, tout d'un coup, un beau jour qu'à la
réflexion ces chambres m'apparaissaient toutes à
la fois, j'ai vu : les lits sont tous couchés dans le
bon orient. La grande science des vieux ancêtres
n'est pas perdue, un bel instinct de bête s'est
réveillé dans ces hommes d'aujourd'hui au
moment où ils installaient leurs lits : ils l'ont

couché la tête au nord. C'est de ce jour-là que ce quartier est devenu pour moi le plus beau de Manosque parce que j'ai compris que les gens qui habitaient là étaient de mon sang et de ma race, de cette race qui connaît les puissances de derrière l'air.

La tête au nord, la tête au nord, la tête au nord. Ces hommes, ces femmes, aimantés par la force voluptueuse de la terre qui roule dans les étoiles avec son chargement d'herbe, avec son chargement d'eau (ses océans pleurent de larges gouttes dans la nuit du monde), ces hommes, ces femmes naissent, dorment, aiment et meurent la tête au nord. Ainsi ils offrent au jaillissement du jour le beau côté de leur corps, ce côté gauche fruité de cœur, et d'un seul élan, tous les matins, l'aube vient planter dans ce cœur sa belle tige d'avoine empennée de graines.

★

Certes, pour le rentier, pour le riche meneur de porcs, pour l'épicier qui râtelle les sous avec son grand râteau, ce quartier-là est mal noté. On y est trop libre, on connaît trop d'anciens gestes, on est trop homme des bois, mais...

De délicieuses petites rues aux noms en cloches de couvent : les Chacundiers, l'Observantine, la Présentation, la Terrasse, la Treille, et le Blé-Menau s'écartent d'Aubette comme des branches. Elles se frottent contre de grands jardins intérieurs, fous, fleuris d'ombres et d'herbes sauvages ; une écume de lilas déborde les murs et, dès la fin mai, dans le coude de la rue Brasserie, on peut, en tendant la main, cueillir trois cerises aigres.

La ménagère est assise à son seuil et les enfants sont là devant elle à se rouler dans la poussière. Elle a l'œil mi-clos des femelles qui regardent jouer les petits. Au moindre bruit, la voilà éveillée : c'est Albéric qui revient de la mine, ou bien Isabeau qui essaye au sec de la rue ses fins souliers craquants, ou bien Delphine, mamelle en l'air et le fiston pendu à la tétine.

La rue de Gaude, toute bleue dans l'ombre d'un petit portail.

Il y avait là juste au bord un talus couvert de courges sauvages. Elles étaient dessous les feuilles, blanches, jaunes, luisantes, rondes. Parfois trop mûre, trop lourde, une se détachait et roulait, elle courait dans la rue comme une personne raisonnable et on s'écartait devant elle en disant :

— Eh, où elle va, celle-là ?

Belle tribu d'Aubette qui parlait aux courges de la « Cougourdelle », belle tribu d'Aubette fleurie de lilas, mangeurs de fleurs, caresseurs d'herbes, amantes des arbres, filles délaissées qui allez pleurer d'amour dans le giron des saules, mères qui marchez par ces rues, pesantes

d'enfants nés et d'enfants à venir, j'entends
s'approcher le jour où, délaissant cette ville plus
sèche que le liège, vous allez partir en troupeau
vers les mamelles des collines.

C'est Pétrus Amintiè, dit Jimélastique, le
poète de la rue du Poète qui a trouvé le
remède.

— Nous irons, m'a-t-il dit, dans le plein des
collines jusqu'à la veine des sources. Là, c'est un
pays que je connais depuis le haut du ciel
jusqu'au fond de la terre. Là, toi, moi, et quel-
ques-uns tous bien choisis, nous ferons de grandes brassées d'herbes : de la serenne, du millié-
ton, des charmettes, du beau brissot, de la
mélile, des thyms et des clochettes d'our, et du
raisin de serpent. Des brassées, des brassées, et
nous porterons tout ça ici, et nous irons sur la
grand-place, et nous ferons un tas de nos fleurs.
Tout simplement.

Alors, c'est moi qui te le dis, il sortira de tout
ça un grand vent d'odeur qu'en cinq sec ça te
balaiera les coupeurs d'arbres, les pense-égouts,
et les défonce-fontaines. Ça emportera une
bonne moitié des maisons, on ne restera plus
que nous autres, les choisis.

Alors, ça aura fait revenir le temps des grands
feux à la bergerade ; on les allumera là, tout
directement sous la nuit ; la nuit fera le dôme
au-dessus de nos feux. Et tu verras : il y aura de
la santé dans les paroles.

★

Du côté du soleil couchant, la ville est comme un pain trop cuit. De la croûte, pas de mie. Légère à l'estomac alors ? Oh ! oui, de digestion très facile : de petits cafés à prétention, un boulevard goudronné, des arbres qui sont devenus des fonctionnaires municipaux : les cheveux à l'ordonnance, les branches dans le rang ; l'adjudant-cantonnier, la main à la garde de la serpette se promène devant eux avec des yeux de chat qui fait dans la braise. De digestion très facile, oui, mais nourriture, non : c'est la mie qui donne les épaisses salivades pendant lesquelles on pense aux champs de blé.

Le levain est mort.

Les gens de ce côté-ci ? Voilà :

J'ai rencontré la jeune mère qui est notre amie. Elle avait à la main un bel enfant, tout vierge et neuf, avec des yeux si propres qu'on s'y lavait d'un seul regard, de ces beaux cheveux bleus si rares chez les enfants et qui donnent à leur petite tête d'argile humide cette gravité savoureuse des anges joueurs de flûte.

Je la félicitai. Je mis la main sur la tête de l'enfant ; une sombre puissance monta de la terre à travers l'enfant et vint faire trembler ma main dans ses cheveux.

— Et puis, dit-elle, si vous saviez comme il est intelligent. Vous allez voir...

Une automobile arrivait :

— Qu'est-ce que c'est celle-là ?

— Une Ford, répondit l'enfant.

Je jure par les arbres que cet enfant m'a dit : « C'est une Ford. »

Sa voix était claire comme ce premier jet des fontaines qu'on débouche.

Il y avait une allée d'ormes. Ils étaient là depuis qui sait combien ? Des troncs humains avec des cals et des blessures, une chevelure de mousse au fond de l'eau, des mouvements de haute mer. La vague de feuilles commençait là-haut vers le Soubeyran, elle coulait d'arbre en arbre en soulevant une écume d'oiseaux. Par là-dessous cet antre frais, le promeneur rompait son pas ; il poussait devant lui un poids toujours plus lourd de douceurs et de chants, puis il devenait lui-même immobile ; il écoutait, il s'imbibait de haute vie et de santé verte. Au temps des grands vents, dans ces arbres épanouis comme des cithares, Apollon lui-même venait chanter tout le farouche de son cœur. On le voyait... je l'ai bien vu, juste marqué dans le ciel comme une trace de sirop dans de l'eau pure. Ses pieds étaient là-haut, du côté de Sisteron, sa tête reposée sur le coussin des collines, ses cheveux rebroussés jusqu'au profond des étoiles.

On a coupé l'allée d'ormeaux au ras du sol. Chaque fois qu'un grand tronc tombait, tout le dessous de la ville gémissait et frissonnait...

C'est ce soir-là que je rentrais des collines sans savoir. Je rencontre Pétrus Amintiè. Il me bouge à peine un bonjour, il me dit à voix basse :

— Je suis dégoûté de la vie.

Je réfléchissais, je pensais : « Comment, dégoûté ? » Pétrus ? Pas possible ! Et cette grande provision de rêve ? Où est-elle passée ? Il en était un grenier plein.

Et puis, au détour de la rue, j'ai vu tous mes arbres par terre.

Ah ! voilà une chose qui vous vide. C'est encore plus cruel que le ver pour l'amande. Le ver, au moins, y met du temps à ronger ; elle a le temps de s'habituer. Mais, là, tout d'un coup, se sentir debout sur la terre avec seulement de la viande et des os ! N'avoir plus qu'un cœur de viande, vous pesez bien tout le cruel de ça pour ceux qui sont seuls avec les grandes choses de la terre. Ah, mes pauvres amis, Pétrus et vous, tous ceux qui êtes d'Aubette — entendons-nous, même si vous habitez de ce côté-ci, même si vous habitez par là-bas loin — la voilà tarie d'un seul coup la source de vos rêves ; je sais que nous en ferons d'autres ; je sais qu'au fond de nous, nous sommes toujours ombragés par cette belle allée d'ormeaux. Mais, ce jour-là, d'un seul coup, on a mangé l'amande et il faudra encore beaucoup de sang et beaucoup de souffrances pour en cailler une nouvelle.

J'ai connu un vaillant homme. Il était sec, il était dur, mais il était vaillant. Il était de ceux-là qui se durcissent la peau à force parce que leur cœur est comme une bulle bleue trop sensible. Il partait dans la colline avec des glands dans la poche de son gilet, une petite houe dans la poche de sa veste. Il s'en allait, pour son plaisir, planter des chênes. On lui doit, à ma connaissance, trois sources nouvelles et plus de cent bassins d'ombre dans les collines.

Ce côté du couchant est donc facile à déchiffrer depuis qu'on a coupé les arbres : la Poste, trois cafés, une usine. Il n'y a rien d'autre à apprendre aux enfants que les marques d'automobiles.

*

Une grand-rue qui serpente sud-nord à travers la ville sépare ces deux quartiers. Du côté d'Aubette, la rue est comme fleurie d'une mousse de revendeurs espagnols avec des éventaires d'oranges, de bananes, de grosses têtes

d'ail liées en rosaire de pèlerin, toute une joaille-
rie de couffes d'oignons. De ce côté-là *À la
Citerne*, de ce côté-là l'église de Saint-Sauveur
agenouillée la bouche dans la poussière. De ce
côté-là, les ruelles de « dessous les cloches » et le
boyau couvert du « Contrôle », ancienne porte
de ghetto. Du côté du couchant les magasins à
devanture, les bazars, les rues nobles, sauf cette
invraisemblable rue Torte, qui se tord et se
détord coupée du boulevard des Lices pour aller
finir rue Sans-Nom dans le plein vent des
champs.

La Grand-Rue, comme une source en un bassin, entre dans la verdure de « La Place ». Beau
rectangle d'ombre et de feuillages. « La Place »
est caressée par ses hauts platanes. Elle dort cinq
jours sur six. Le sixième jour, une poissonnière
vient, déplie les pieds de son éventaire, installe la
planche, tapote un matelas de fucus et d'algues
humides, étale à pleines mains les rascasses, les
billots de thon, les grappes de moules, le gravier
des clovisses, les sardines, les capelans, les bau-
droies et la fleur morte des poulpes. Les pans de
sa robe sont relevés en basquine sur ses
hanches ; la main à la taille elle avale une bonne
goulée d'air, puis elle se met à chanter en litanie
tous les noms de ses poissons.

De là, par trois ressauts obscurs, la Grand-
Rue, devenue rue des Marchands, traverse le
quartier Soubeyran et débouche par une porte

truquée en dessus de pendule, juste devant les collines-corvettes.

La ville a un visage : la Plaine.

Un visage là, juste au bord de cette route « Marseille-Le Pape », par Briançon, le Mont-Genèvre, Couni et le Piémont pomponné de peupliers.

Un visage fardé à l'usage des villes avec des cafés à grande glace, des restaurants, des bars où l'on joue à la boîte et des banderoles annonçant les matches de football. Il y avait là, à l'entrée de la ville, une belle porte moyen âge. Vous me direz : elle y est encore. Non : il y a bien quelque chose qui y ressemble, mais ce n'est plus elle. La mienne avait comme coiffure une génoise de tuiles grises bien tirée sur les yeux des mâchicoulis ; celle-là arbore des créneaux de pierre neuve, insolites, insolents et faux.

★

J'ai bien envie de vous raconter l'histoire de ce potier qui avait mangé le perroquet du couvent. Car Manosque était une ville de couvents. Par là-haut, dans le quartier d'Aubette, une grosse ruche d'Observantins ; par ici, en bas, au bel air, un essaim de Présentines accrochées à flanc de roche sous des acacias, des lauriers et des figuiers.

Des figuiers célèbres.

Mon père ressemelait les souliers de toute la communauté.

J'avais trois ans. Le lundi matin ma mère me disait :

— Viens, Jean, nous allons porter les souliers aux sœurs.

Elle prenait ma main et nous partions.

On nous ouvrait à la mystérieuse, tout étant bien huilé, gestes de gens et gestes de serrures.

Le couloir sombre, la porte tapait en se fermant derrière nous ; un bruit de patin là-bas au fond ; une autre porte qui se fermait ; deux ou trois chuchotis ; le beau parquet à carreaux étincelait malgré l'ombre, puis plus rien. Dans le silence ma mère criait doucement :

— Ma sœur, les souliers.

Un petit judas claquait à côté de nous.

Il y avait dans le mur un tour. On quittait les souliers, le tour tournait puis revenait vide.

Alors, au grillage, la sœur demandait :

— Vous avez votre petit, madame Jean ?

— Oui, ma sœur. Jean, fais-toi voir.

Mais Jean était trop petit.

— Je le vois mal, disait la sœur, mettez-le dans le tour et faites-le passer d'ici ; je vais vous le rendre.

Ça n'allait pas de droit fil quant à moi. Je criais, et, dans ce couloir à chuchotis, tout sembla crouler en hurlements répétés.

À la fin, je fis l'homme, on me cala dans
le tour. La terre cessa de me porter ; d'un élan
d'aile je m'en allais dans l'au-delà des murs,
oublieux soudain de ma mère et du soleil ; ivre
de merveilleux je tombais dans les bras de la
tourière couperosée, moustachue et souriante.

Les deux joues lessivées d'une « baise » à la
gloutonne, on me donna une figue des figuiers
et, la portant comme une fleur, je retournai dans
le monde où ma mère m'attendait un peu hale-
tante.

Le grand couvent est toujours là, mais il a
perdu son mystère. Le couloir tout ouvert est
plein de guêpes folles ; les enfants jouent sous
les acacias et dans les figuiers.

Tout contre les hauts murs qui formaient bassins à cantiques et d'où dépassaient les roses du
rosier ou du « Salut-Marie-étoile » une rue
tombe avec la pente raide et ronde d'une chute
d'eau. Au bord, les maisons ne sauraient tenir
que calées de terrasses et de jardinets. Là est la
maison du potier qui mangea le perroquet des
Présentines. Elle s'ouvre par une porte charre-
tière sur une cour mi-pleine d'ombre et de
fleurs. Des plantes grasses dorment au soleil en
étalant leurs tentacules. Une hysope, une sauge
en pot chantent doucement d'un parfum léger la
gloire mystérieuse des collines, et, fleur de terre
et d'équilibre gardant les traces du potier mort,

au beau milieu de la terrasse, une jarre d'argile
se chauffe.

On se méfie de ces maisons fortes de leur
poids de collines. Oui, on n'est pas une ville sauvage sans courir de grands dangers.

Coupez les ormes, faites des douanes pour
fouiller les charrettes de foin, timbrez d'un
timbre sec toutes les feuilles esclaves de vos
légumes de marchés, allumez dans les abattoirs
des brasiers de sang, vous êtes trop petits.
Voyez, peints en bleu sur le pourtour de l'horizon, ces troupeaux immenses de collines...

Fermez les portes, tendez les chaînes, envoyez
votre fille pousser le verrou du haut et vous res-
terez encore tremblants et le jus vert des herbes
suintera du milieu de vos lèvres.

En vérité, en vérité...

Vous êtes fait de meurtre quotidien, vous êtes
comme des roches aux angles en épines ; vous
avez déchiré la peau des bêtes, abattu les arbres,
écrasé les herbes, mais tout ça est dans vous
et vous ne pourrez plus vous reposer de votre
inquiétude parce que vous n'avez jamais donné
d'amour. Respirez-le votre or ; a-t-il le parfum
du thym matinal ? Entassez-le votre or ; vous
êtes comme des enfants qui comptent des
rondelles de soleil dans l'ombre des platanes et
puis, un coup de vent efface leur richesse ;

entassez-le et, soudain, vous laisserez tomber
vos bras fatigués et vous rêverez à ces grands
plateaux couleur de violettes où l'autre
Manosque est bâti et où vous n'irez jamais.

★

Nous avons parlé de l'Aubette et de l'ouest, il
ne nous reste à visiter que le dessous puis le dessus.

Pour aller dans le dessous il y a un moyen. Je
vais vous l'indiquer, ce n'est pas difficile. Vous
n'avez qu'à demander :

— Où est la maison de Joaquin ?

On vous l'indique, vous y allez. C'est une
maison qui servait de résidence à seigneur pour
l'été. Elle a de beaux balcons au col de cygne et
au-dessus des fenêtres des cartouches avec des
femmes ou des hommes risibles parce qu'il leur
manque, aux uns le nez, aux autres les joues et
ainsi de suite.

Vous entrez. Maintenant cette maison-là est
louée tant la pièce à des émigrants italiens ou
espagnols. Au moment où vous y allez les
hommes sont assis à cropetons et en cercle sur
le vaste palier du troisième étage et ils sont au
plein d'une de ces parties de « Mora » desquelles
tous les jurons de la création jaillissent, embellis
et amplifiés. Entrez. Vous, vous avez à faire au
rez-de-chaussée. Le couloir est sombre déjà...

marchez. Halte : voilà le pied de l'escalier. C'est
là. Vous n'êtes pas habitué à l'ombre. Envoyez
votre main à gauche. Plus loin l'escalier est
large. Là, non, ne reculez pas, c'est froid, mais
c'est seulement du fer. Non, ne vous avancez
pas non plus, cet escalier ne descend pas, il
monte vers les joueurs de « Mora ». Vous voyez,
maintenant que l'habitude de l'ombre est prise ?
Ne vous imaginez pas qu'on va descendre dans
le dessous avec des escaliers, non.

Vous voyez la rampe en fer ? Oui, elle est très
belle, une des plus belles du monde. (Ne vous
inquiétez pas : c'est seulement un Piémontais
qui règle un petit différend avec la Sainte Vierge
Marie.) Elle descend, cette rampe, tout le long
des escaliers depuis le troisième étage. Et elle a
la forme d'un serpent. Là-haut, la queue en fer
de lance est dardée droit dans le ciel. Quoique
façonné au lourd marteau de forgeron, le
serpent descend avec sa souplesse animale du
troisième au second, du second au premier, du
premier là, près de nous. Et là, près de nous, il
se recourbe, il tend le cou, il hausse dans sa
gueule une belle pomme de cuivre. Vous la
voyez, vous voyez tout maintenant. C'est par ce
globe de cuivre qu'on s'en va.

Penchez-vous sur lui, regardez, forcez-vous à
regarder. Ne battez pas des paupières, c'est difficile, oui, mais retenez-vous. Voyez dans le métal
ces ondulations de lumières et d'ombres, voyez

cette lente rotation de la boule, les continents inconnus qui sont sur elle, ces belles mers émues de vent, ces îles d'algues, ces nuages d'oiseaux, ces longues caravanes de fleurs qui partent dans le vent et font le tour du globe, ces forêts qui respirent comme des poitrines d'hommes, ces fleuves emmêlés et luisants comme une résille de soie sur la chevelure de la terre.

Penchez-vous, voyez comme la boule est grande, comme elle a fait éclater les contours de l'horizon. Vous êtes dans elle.

Vous sentez cette succion profonde qui pompe votre volonté et votre force. Vous sentez : tout le poids du sang est dans votre tête. N'ayez pas peur, laissez-vous faire, ce poids de sang vous fait basculer, ne résistez pas, d'ailleurs, c'est trop tard, vous êtes déjà entré tête et bras dans la gueule du serpent de fer et il vous digère à pleine salive.

Voilà, vous êtes dans le dessous.

De grandes racines gonflent lentement leurs muscles. Ça met parfois mille ans à dépasser sa jeunesse, puis ça entre en adolescence, une ado-lescence de racine juteuse, ligneuse et solide. Alors, toujours très lentement, ça essaye sa force, ça vient en rampant jusqu'à un bloc de granit, ça le serre, ça le descelle de sa gangue, ça l'arrache et, toujours lentement, ça le lance.

Là-haut, dans le Manosque, c'est parfois la nuit. On entend alors un coup sourd et un

brusque ébranlement des maisons ; la femme
crie, l'homme halète en regardant la fente du
plafond, l'âne tape à la porte de l'étable et des
troupeaux de chiens dévalent aux rues ventre à
terre.

Et la racine recommence à brouter la terre de
son petit museau blanc.

Dessous le portail de la Saunerie, il y a une
belle plaque de lac, plat et mort comme une
médaille de bronze. L'eau ne bouge pas ; elle
clique-cloque doucement sous des débris de
roches. Elle fait, elle aussi, son travail d'eau.
Dessous « La Place », il y a un grand souci de feu
épanoui comme un souci de fleur, épanoui
comme ces brasiers que les charrons allument
autour des fers de roue. Le feu est là, bien sage,
ordonné en sépales et en pétales à la forme
d'une fleur de souci. C'est venu de ce petit
bourgeon de flamme qui a fendu les roches du
dessous, le jour même où dans le Manosque du
dessus il y avait ce choléra de 1884. On enterrait
à la grande pelle, on avait des charrois de morts
avec tombereau à sonnette et fossoyeurs béné-
voles moyennant manteaux de défunts et bijou-
taille de famille. On s'était fait des nez en carton
pour les fumigations d'herbes ; on portait sous la
chemise des chasubles en peau de renard avec le
poil en dedans et renforcées d'un beau dessin de
croix à la fleur de soufre, et la queue du renard,
tout le temps des mouvements, vous battait

doucement la rondeur du ventre. Il paraît que c'est ça qui y faisait.

Le bourgeon de flamme a poussé son nez de fouine entre les roches à ce moment-là. Puis il s'est dit : « Attendons, si ça continue là-haut, ça ne sera bientôt plus la peine. » Il s'est dit ça ; non pas que ce soit un bourgeon fainéant ou de peu de force, non, car il a ses grandes racines dans un beau volcan pointu comme un furoncle et juteux de son jus d'or à en faire dégouliner tout un océan dans le fin fond de la terre. Il s'est dit ça parce que, là-haut, ça avait l'air de bien marcher pour l'assainissement, et comme c'était pour l'assainissement qu'il s'était mis à pousser, lui aussi, et comme dans le monde tout est équi-libre et équi-balance, il n'y avait qu'à dire : attendons.

Mais, à force de nez de carton et de peaux de renard on enterra un beau jour le choléra, le tombereau, les fossoyeurs, la peur et la maladie.

C'est depuis que ce bourgeon a repris force et qu'il s'est enfin épanoui en fleur. Il n'y a pas bien longtemps mais maintenant il est là, atten-tion. Dans la cave de Maxime Pierrisnard, en mettant la main à plat dans la terre on sent la chaleur.

Par le dessous d'Aubette, il y a des ruées d'eau. Cette source qu'on a tant cherchée, qui coulait épaisse comme un bœuf là-haut dans les

collines et que le tremblement de terre de 1893
a fermée d'un seul coup comme un père qui dit
à sa fille : « Tais-toi », et elle ferme ses lèvres,
elle est là, dessous Aubette, ruée dans les cou-
lisses de granit droites comme des tuyaux de
paille. Vous savez que cette eau était salée ?
Salée et sulfureuse. C'était une bénédiction.
Tous les « cordons de Saint-Antoine », « feux
pétauds », « hémorroïdes » et « eczémas » fon-
daient dans cette eau comme sucre. On se gué-
rissait d'une course. D'abord la sueur de la
route, puis là, le bain frais, et puis autant, il faut
tout dire, le bon conseil subit de cette colline de
sariette et de thym et voilà des hommes guéris
qui, de quinze jours, n'avaient plus fringale que
de laitages et de fromageons. Remontons. Vous
entendez tous ces gens qui descendent aux
caves. C'est l'heure du souper. On bouge des
bonbonnes chez Hugues Benoît.

Cette longue rue sombre qui est là-dessous
juste au ras des pavés : c'est le souterrain qui
unissait la caserne des Bénédictins et le gynécée
des Présentines. Dit-on...

Ne tapez pas de la tête contre la croûte de la
terre. Vous vous imaginez qu'on sort de là
comme les taupes. Non, ne tapez pas, vous allez
vous faire des bosses, c'est plus facile. Souvenez-
vous de la dernière case de la table de multiplication : dites seulement neuf fois deux dix-
huit ; neuf fois trois vingt-sept ; neuf fois quatre

trente-six ; neuf fois cinq, hop, ça y est, nous
voilà dehors.

Et maintenant, pour la consolation des
hommes des collines, il y a le dessus de la ville,
ce qui déjà est de plain-pied avec le Manosque-
des-Plateaux.

Quand le pâtre des hautes terres revient, en
arrivant au sommet des Espels il voit la ville. Un
orage d'été vient de finir ; le ciel est une peau
sanglante de sang violet et toute hérissée des
flèches de soleil. Le ciel est comme un saint
martyre, déjà tuméfié, couvert de mouches, bleu
de toute sa pourriture, et, seules, restent droites
et saines dans sa chair les flèches de l'archer.

Manosque humide de pluie est là, dans
l'herbe, comme une truite.

Mais, dès ses premiers pas dans la rue, l'épicier vient vers le berger.

— Et ma morue, et mes chandelles, et mes
conserves ? dit-il.

Il veut dire : « Tu vas me les payer ?... »

Et le bourrelier :

— Les traits de la mule Julie, et ce bât à agne-
let dont j'ai refait les rembourrures ?

Et le vannier :

— Mes couffes. Et souviens-toi : j'ai, par gra-
cieuseté, floqué de pailles bleues et rouges la
queue du grand mulet Martin, et elle est longue.
Il ne faudrait pas...

Et la mercière :

— Hop, berger, souvenez-vous de mon foulard, vous savez, celui tout rouge, avec des cha-
marrures noires et des espèces de fleurs des pays
chauds. C'était de soie, pensez-y.

Et l'aunier :

— Mes trois chemises bleues comme nuit. Tu
m'avais fait recoudre les boutons, tu te souviens ? Les boutons, c'est gratis, mais le reste...
trois chemises avec des voies lactées de petites
fleurs blanches...

Et le charbonnier :

— Plaisir de te voir, pâtre Imbert, ça a été
long, la colline, après que j'ai été parti ? Tu te
souviens du dernier soir et de ce que tu as perdu
au poker ? Tu restais devoir nonante sous...

— Ah ! M...erci, dit le pâtre, en remuant ses
deux bras à la mouline comme pour pousser les
moutons ; merci, merci, merci bien, mais j'ai pas
encore été voir le maître. À la reviste, c'est recta.
Merci, merci, attendez donc.

Et il pousse le portillon grillagé d'*À la Citerne* ;
ça n'est plus José le patron mais un gros qui sait
son métier. En voyant entrer le berger il a
regardé l'ardoise, mais juste un peu. Là, l'autre a
dit :

— Oui, Patron, viens ici que je te solde.

Et il a payé de pièces claquantes au marbre.
Bon. Ça va. Ici, maintenant, on peut étendre ses
jambes. Mais la ville est là autour, la ville sèche
comme du liège, sèche comme la galette de

maïs. Ah ! n'être pas dans elle, mais sur elle, sur cette peau de truite des toitures, étendu sur ces écailles fraîches, caressé par le vent et, les lèvres collées à la grande plaie violette du ciel, se gonfler peu à peu d'orage.

Alors, pour être parfait, pour monter dessus la ville, quittant son litre de vin, le pâtre se lève et, tout chancelant de la fatigue des collines, il vient mettre quatre sous dans le piano mécanique.

*

Ainsi, mon rêve a déchargé dans les rues des tombereaux de feuilles et, tous les pas étant assourdis, j'ai embouché le plein canon des fontaines.

Poème de l'olive

Ce temps des olives. Je ne connais rien de plus épique.

★

De la branche d'acier gris jusqu'à la jarre d'argile, l'olive coule entre cent mains, dévale avec des bonds de torrent, entasse sa lourde eau noire dans les greniers, et les vieilles poutres gémissent sous son poids dans la nuit. Sur les bords de ce grand fleuve de fruits qui ruissellent dans les villages, tout notre monde assemblé chante.

★

Il y a d'abord les blondes chansons des jours clairs et le basson des vieilles femmes, et celle qui détonne, et tous ceux des vergers crient : « Oh là, oh, là, quel mal d'oreille », crient à en

faire sonner la colline et les derniers, là-haut,
vers les bois sauvages, lèvent les bras pour mon-
trer qu'ils ont entendu. Il y a la limpide cla-
rinette des jeunes filles et les garçons à peine
mûrs qui chantent comme des scies, mais, tout
ça, tant bien marié que c'en est comme du petit
lait et des sorbes. De ce temps Virgile est là dans
les olivettes avec sa palme, se promenant à petits
pas, un mot doux pour chaque chose, l'âne gris
qui se frotte le poil dans les chardons, la mule un
peu folle qui fait les quatre cents coups pour le
cheval de Marius, et le cheval ne la regarde
même pas ; la verdelette petite herbe qui sera le
blé ; le poil en brosse des haies mortes avec une
fleur rouge au cœur, une fleur dont on ne sait
pas le nom parce qu'il y a tant d'épines qu'on ne
peut pas la prendre. Il y a Virgile et ce bel habit
de fil de lin, une chose tant propre qu'on vou-
drait avoir le cœur fait de ça : un coup de savon,
un plongeon au ruisseau, et net et beau, plus de
souci. Si l'air est âpre c'est tant pis. Ça, c'est le
temps de la cueillette, le temps où l'on trait
l'arbre comme on ferait pour traire une chèvre,
la main à poignées sur la branche, le pouce en
l'air, et puis, cette pression descendante. Mais,
au lieu de lait, c'est l'olive qui coule.

★

Après, il y a la chanson rouge et noire qui gémira dans le bourg tout au long des nuits, sans arrêt, sourde, comme souterraine. De grands coups tapés au fond de la terre comme un volcan qui tressauterait, cognant de son poing de feu contre la paroi de roche. Une longue plainte avec une tête de fer pointue ondule et vrille l'oreille, entre, et tout son serpent gémissant vient se lover dans la courgette du crâne, sous le bonnet de coton. Alors, comme on écoute, là-bas, dans le fin fond des caveaux, dans toute cette éponge de caves et de cuves sur laquelle le bourg est bâti, sonne la grave mélopée d'un chant qui vient de l'enfer. Ça, pour la pleine nuit, mais, à l'heure de chien et chat, on a dit aux petites couturières : « Ne passez plus par la ruelle de la Vieille-Boucherie » — ou bien : « N'allez pas à la rue Sans-Nom. » — Ah, va, sitôt qu'on a dégrafé le ciseau et qu'on s'est épeluché des fils blancs, sitôt sur la place, les voilà agglutinées bras à bras, à se chuchoter et à rire, et à pouffer, et à se pousser, et se chatouiller, et se dire : « On est grandes quand même. » Tant que d'une à l'autre, l'élan venant comme d'une eau balancée, les voilà dans l'ombre à tâter les murs ; les voilà sur la pointe des pieds. La rue sent la vieille bête sauvage. C'est comme

une bauge chaude où dort le crique-croque qui
écrase les petites filles en s'y roulant dessus à la
façon des vieux sangliers. Le cœur leur remonte
à la gorge et, tout d'un coup... Ah, tout d'un
coup, une porte claque, un jet de vapeur, un
ruissellement de lumière. Là-bas, au fond, des
hommes nus tout luisants, de grandes vis luisantes aussi qui descendent du plafond et
s'enfoncent dans la terre, des hommes nus
cramponnés à des barres comme des désespérés
et qui tirent avec tout l'arc de leurs reins. Un
grand chant grave, chaud et poisseux leur souffle
son haleine de lion, et les voilà comme des
hirondelles éparpillées, toutes en cris.

C'est le temps du pressoir, le temps où,
autour du pressoir, la dure peine écrase
l'homme sous ses chaînes. Dans l'ombre Dante
frappe de son poing sec sur un grand chaudron
de cuivre.

I

Bartholomée et Adelphie, et Gotte aussi
qu'on a dû prendre comme on passait devant
chez elle. « Et même ça nous a fait du retard,
avec ton café », — « oh, pas si tant, et puis c'était
de trop bonne heure », toutes les trois dans leurs

jupes à six tours montent à la colline. Il convient que ce soient d'abord les vieilles qui commencent. Ça habitue le verger. Si tout de suite on y lâchait la belle jeunesse poulinière qui virevolte, et se secoue, et prend l'arbre pour de la chose morte, et n'est pas tendre pour les branches, et porte des souliers à clous, ça aurait peur, pensez-y donc. Ça aurait peur, nos olivettes peu habituées au grand bruit et si paisibles, et tout endormies encore du grand ronron de cet été où chaque herbe avait sa cigale. C'est ça qu'il faut connaître, et donc, c'est d'abord les vieilles qu'on lâche. Oh, ça a fait toute une histoire mais c'est la même tous les ans :

« Moi, à mon âge. Ah s'y avait le pauvre Arthur.

— Ils n'ont plus vergogne en ces jours.

— Ah, les enfants. »

Et patatin et patatan, et : « Où sont mes vieilles mitaines » et « les paniers sont tout troués » et « c'est mauvais de prendre d'âge, on vous mène comme un cheval ».

Mais, le matin, sitôt l'aubette, les voilà déjà habillées et la débéloire qui siffle sur les braises du feu tout neuf. Sur l'armoire, à côté du globe qui garde la couronne de communiante et les initiales en cheveux de la petite fille morte, on a préparé les paniers, posé les gants de laine, et même on a caché un sac, celui qui servait pour

aller au pain. Il n'est pas gros. Si on pouvait, de
ce jour, seulement l'emplir, on leur dirait :
« Vous voyez, quoique vieille... »

Et sitôt la porte refermée en bas, de se voir
seules dans la rue de si bonne heure, par temps
si clair, avec le libre jour devant et l'idée qu'on
va aux collines, ça leur enlève tous les ans. Elles
vont comme des fillettes.

★

C'est de celles qui restent à terre. On ne peut
pas parler de chevalet quand on a dépassé sep-
tante. Elles font le tour des arbres, ramassent les
fruits les plus bas et bavardent à s'en donner le
mal de gosier, à tousser par quintes, à rire, mais
le travail va. Comme le soleil monte, on enlève
tous les fichus, puis on souffle, puis on se dit :

« S'agit pas de prendre la mort ; écoute donc,
Bartholomée. »

Ça se décide tout de suite, on est vite toutes
d'accord. Alors, on va à petits pas rendre visite
aux autres vieilles qui sont dans les champs à
côté. Ça fait une bonne occasion pour demander
les nouvelles du petit qui est à Marseille, une
bonne place aux tramways ; ou de la fille — que
de soucis — qui en est à son quatrième et tout
au bout, là tout au bout à se délivrer aujourd'hui
pour demain.

« Elle ne compte plus, voyez donc.

— Oh Adelphie, le jour qui part. »

Et c'est vrai ; le ciel se déverse derrière les collines ; il y coule comme un sable d'argent, et bientôt... vite à l'olivade, vite encore deux poignées et le sac est plein rasant. Alors, dans le chemin on entend les clochettes et c'est le gendre qui arrive avec le petit char léger :

« C'est tout là, la mère ? Vous l'avez bien pris à la bonne. »

Les hommes, ça ne comprend jamais.

★

Ce jourd'hui, dans toutes ces ruelles qui ont des noms de fleurs et de révolutionnaires : à Les Lilas, à Danton, et dans l'impasse du Poète ; dans ces ruelles où il y a le logis d'homme et le logis des chèvres en file l'un après l'autre sur le fil de fer de la rue comme des grains de rosaire, ça jacasse et ça bourdonne, et ça sonne d'un tas de bruits. C'est le grand jour et tout est prêt, et l'ânesse est à la charrette et Bouscarle a pris la brouette, et le petit reçoit des gifles, et la petite sur un pied danse comme à la marelle parce qu'elle va à la colline. L'un a sorti son chevalet, cette grande échelle à trois pieds qui n'est pas de bonne cervelle et toujours prête à vous coincer les doigts dans quelque charnière. L'autre a aligné ses paniers au bord du ruisseau. Celui-là pense déjà à la mesure et s'inquiète de retenir un boisseau juste pour ce soir.

On entend crier dans les champs et chanter sur les chemins de terre ; il n'y a personne à l'école et le maître vient de passer. Il doit aller s'asseoir au Cercle. Tel qu'on le connaît, je vous crois. Voilà l'Ulysse Rabourdin avec toute sa caravane : sa grosse femme qui s'essouffle à tirer sur ses deux marmots qui se font lourds au bout des doigts et tournent la tête en arrière pour écouter péter les ânes. Voilà celle qui court avec son panier :

« Marinette, oh Marinette, où vas-tu tant vite ?

— Ce Jules, ce qu'il a d'avance. Il est là-haut presque en galère. Il ne m'entend ni ne m'écoute, il file comme un assassin. Ah, je souffle un peu avec vous, tant pis pour cette bête d'homme. »

Ça va, comme ça, à pas de fourmis : les uns, les unes, tous emmêlés dans le beau chemin un peu gelé qui sonne gai sous les pieds ; on a du soleil plein sur les épaules comme une fourrure en poils de renard. On est chargé de choses légères, des paniers d'osier bien secs ; ça vous fait large comme des ballons à ne pas savoir s'il sera possible d'entrer dans le chemin creux dont on voit d'ici la bouche poilue. Les uns sont arrivés ; les autres ont encore dix pas à faire ; les autres douze ; ceux-là six et ceux-là cent

qui sont au bout tout là-haut à côté des bois et
qui crieront ce soir : « Au loup » pour rire et
faire peur aux filles. Tout le bourg est dans la
colline, étagé dans la hauteur du ciel, sur les
pentes et c'est bien comme en toutes choses :
ceux qui sont plus près du bon dieu redescen-
dront les mains vides et ceux-là qui sont restés
dans les champs gras, plus bas, on les entendra
marcher lourdement sous les sacs d'olives ce
soir.

★

Ça a commencé par l'olivette de Bouscarle.
C'est toujours comme ça, et on sait comment ça
a commencé. Voilà : la Bouscarlette et ses trois
petits tout alourdis de bonne saucisse ont eu,
après la dînette, une longue envie de sommeil. Il
fait bon au bas du talus. C'est vite fait un chaud
lit d'herbe ; voilà les petits alignés. La Bouscarlette alors, à genoux devant le nid, s'est mise
à chanter oh, un petit chanté du bout des lèvres
comme un bruit de ruisseau caché, mais ça a
suffi et ça a commencé.

BOUSCARLE. De sa voix de basse. Il vient de
relever ses moustaches avec le plat de la main
pour bien dégager la bouche.

Mon père m'a mandé au bois
cueillir la brune olive

> *Mais tant cueillie et recueillie*
> *que me suis endormille.*

Du verger d'Ascagne vient le répons : c'est fait de cinq ou six voix de femme accordées comme les clochettes d'un collier de cheval.

> *Ai tant dormi et redormi*
> *que la nuit m'a surprise.*
> *Ah qui me passera le bois*
> *sera mon doux ami.*

BOUSCARLE. Qui a écouté et s'est mis à rire, là, dans les branches de l'olivier où il cueille. Il se redresse dans les rameaux et, avant de jeter sa poignée d'olives dans le panier :

> *Vient à passer gai chevalier*
> *de chevalerille.*
> *N'en sont pas au mitan du bois*
> *qu'un baiser l'a surprise.*

Des rires chez Ascagne et une voix qui commence : « Beau chevalier... » puis d'autres voix : « Mais non, Norette. Et attends donc. » Puis, de chez Guirard et de chez Turcan et du côté d'Ascagne, les femmes et les filles, et les petits, et des voix d'homme en faux-bourdon :

Tirez arrière, chevalier
prendriez ma maladrille
Qué maladrille vous avez.
Rosette belle fille ?

Cette fois, c'est parti du bois là-haut avant que Bouscarle ait seulement eu le temps de retrousser sa moustache.

Je suis la fille d'un grand ladre,
née dans la ladrerille.
Mais sitôt le bois dépassé
Rosonne se met à rire.

BOUSCARLE a bien pris haleine et fin prêt gueule à faire éclater l'écho :

De quoi riez Roso ma mie
Rosette belle fille ?

Un bon moment où ça jacasse sans se mêler de commencer, puis, d'un côté où c'était resté muet, une belle voix de femme dit doucement et toute seule et d'un élan qui flue comme un ruisseau :

Je ris mon beau nigaud
d'avoir passé le bois
comme une honnête fille...

« Plumer la galline, plumer la galline » crient tous les vergers. Bouscarle entonne à pleine voix :

Mon bon monsieur quand on la tient
Faut plumer la galline.

★

Le vent du soir dit : « Assez rire » et gèle les dernières mains. N'oublions pas qu'il est décembre et Noël tout près de la porte à grelotter dans ses santons. C'est vite gris à ne plus voir et, dès la nuit descendue, des lances de fumée emmaillottent le pays. « Allons, allons Bartholomée, montez au cul de la charrette ; ne vous faites pas si vaillante, vous avez l'âge et le gardez. » Qu'elles sont belles les maisons, et les âtres comme des lampes et tout ce cuivre qui reluit. Là-haut, dans le grenier, le maître, avec une grande pelle de bois remue le tas des olives. Il annonce : « Elles sont prêtes. » Une bonne odeur de campagne et d'arbre et de terre coule le long des escaliers. Et, par le trou de la serrure, le froid fait passer une longue tringle de gel qui vient piquer le dos de la main, là, jusque sur le rebord de l'assiette de soupe.

II

L'homme s'est arrêté au seuil, a dit : « Salut »
puis est resté là. Il est luisant comme un manche
de bêche. Sa grande veste au col relevé pèse,
gonflée comme la veste d'un noyé qu'on vient
de tirer de la Durance ; son chapeau tombe en
entonnoir tout autour de sa figure, on voit dessous la chair sombre griffée de fatigue et des
yeux comme des veilleuses ; ses pieds nus dans
ses gros souliers font : *floc* et *kchu*, à mesure
qu'il piétine sur place. On a dit : « Entrez » et on
a mis la main au placard ; on a sorti la bouteille
de « Blanche », la neuve, la première de l'alam-
bic, un grand verre à vin et un petit comme un
dé à coudre. Le grand verre, c'est pour
l'homme ; il le remplit, boit en jetant sa tête en
arrière. La pomme de son cou bat comme un
piston de pompe. Il s'essuie les moustaches d'un
revers de main.

« Ah, il dit, elles sont prêtes alors ?

— L'homme les a bien remuées, mais vous
verrez, montez à peine. »

Il a retroussé ses manches ; il a plongé son
bras nu dans le tas d'olives, jusqu'au fond,
comme s'il voulait accoucher une vache. Il est

là, presque vautré sur le tas d'olives, à tâter là-
bas, au fond, la moiteur, la chaleur, tout un tas
de choses qui sont comme du vent, pas de prise
facile et qu'il faut connaître d'instinct en chien
de chasse.

« Ça va, elles sont prêtes ; on viendra les chercher. La compagnie salut. »

On l'entend qui entre dans la maison d'à
côté : « Salut », puis ses pieds qui font : *floc* et
kchu, puis les verres qu'on trinque. Il va faire
toute la rue comme ça, une maison puis l'autre.
On n'entend plus que les portes qu'il pousse.
On n'entend plus rien que le bêlé des chèvres.
Le moulin est ouvert.

★

C'est le Montagnier qui a l'entreprise du
moulin. Il a fait le tour des bars et des bas-
tringues et il a repéré d'un coup d'œil celui-là
qui est devant une table vide, le museau dans sa
main, et qui crache de longs crachats dans la
sciure pour se distraire. Il a repéré cet autre qui
regardait à travers la vitre le jour d'hiver et qui
avait des yeux morts comme un mouton. Et cet
autre, à la Brasserie, qui buvait quoique fin
saoul un verre sur l'autre ; chaque fois qu'on lui
rendait la monnaie, il la donnait à la fille pour
mettre dans la ville. Et la fille mettait deux sous
puis gardait le reste dans la poche de son tablier.

Celui-là, le Montagnier ne lui a pas parlé le
même jour. Il a attendu le lendemain et, juste,
voyez si c'est bien combiné, le lendemain, c'était
gras jour de pluie à être boueux jusqu'aux
genoux dès qu'on sortait. L'artiste était encore
là tout tourneboulé de la boivade et de ce temps
à gros couvercle bas qui le faisait se mijoter dans
son jus d'amertume. Le gousset avait l'air à plat.

« Tu voudrais pas travailler le moulin d'huile ?
a fait le Montagnier.

— Et ta sœur ? a dit l'artiste.

— Donnez un peu de boire », a commandé le
Montagnier.

Puis là, de l'autre côté des verres, il l'a entre-
pris bien en plein.

« Ce que ça dure ? Un mois bien à peine. Peti-
tement. C'est moi qui donne le plus. Tu as de la
chance. »

À la fin du compte, il l'a emporté comme un
paquet ficelé et payé comptant.

★

Ça fait le désespoir des Delphine et des
Rabassou qui vont à la bénédiction sur le coup
de sept heures du soir, autant dire à pleine nuit.
Il faut passer par les ruelles et gafouiller dans
une bouse d'olives qui ne sent déjà pas si bon, et
puis ça tache les souliers et le cuir ne veut plus
luire.

« Si ça durait, Monsieur le Curé, vous ne me verriez plus je vous assure. »

Et puis, si c'était tout là. Mais allez croire que tout par un coup, des fois, et justement comme on est là, la porte du moulin se partage, s'ouvre grandement et vous les voyez tous alors en peau des pieds en haut sans même gros comme une carte postale devant ce que le bon dieu leur a donné.

« Ah, c'est à vomir. Si après ça on n'a pas sa chaise au Paradis. »

★

La nuit ; la nuit de gel comme un grand foyer éteint plein de braises ; la vaste nuit, la voilà du vaisseau de la terre arrimée sur le sommet des collines par des tas de pierres et qui se gonfle, et qui halète dans les battements du vent.

Le bourg est là-dessous, blotti dans ses arbres avec les quatre foyers de ses moulins qui pouffent des escarbilles. Il y en a un dans chaque quartier : aux Observantins, à la Saunerie, à Aubette, au Soubeyran. Quatre grandes gueules de pierres ouvertes au-dessus des toits qui soufflent dans la nuit une haleine rousse illuminée soudain par le grand saut d'une flamme qui dépasse la cheminée, bondit à travers la fumée puis retombe.

★

La cuve aux déchets, là-bas au fond où l'eau
ne coule plus qu'à peine mordorée, on lui dit :
les enfers, dans notre langage. Enfers tout le
moulin, du seuil aux murs du fond. La grosse
matrone principale c'est la cheminée assise sur
ses trois marches, les jambes écartées, le gros
derrière au chaud. Des crémaillères comme des
harpons de pêcheurs de thon, des chaudrons qui
ballent au milieu du brasier tant ardente est
l'escalade des flammes à travers les grandes
bûches de chêne. Et de la fumée que le vent
rabat et qui déboule en sauts de neige, casse les
souffles et bouche les yeux comme deux coups
de poing. Il faut toute cette chaleur pour la nais-
sance de l'huile et toute cette eau pour la laver
sitôt née, lui faire cette belle peau d'or nette et
lisse.

★

Un cheval aveugle ou les yeux bandés tourne
la barre du moulin. La meule est lourde, en granit ou en marbre, et les olives gémissent là-
dessous. Le cheval marche en rond dans la
boue. C'est sa sueur qui a inondé la terre sous
ses sabots. Sa sueur et celle des hommes nus, là
autour. Nus, bien tous nus comme la main ;

l'Espagnol a même enlevé sa médaille de cou
tant le lacet qui la tenait lui pesait dans cette
chaleur. Dans l'auge du moulin on vient rem-
plir les couffes, cette bouillie d'olives saigne
entre les mains. On emplit les couffes, sous le
pressoir. On se bande à la barre : trois, pas plus
de trois, et il faut tout donner : les bras, le cou,
les épaules, le ventre, les reins, et ces grands
muscles qui attachent les cuisses. On crie ensemble : « oh », puis : « oh », et la barre brame
d'une voix de bois sec, puis encore, puis encore.
Alors, du plafond descend une grande vis
blanche et le jus ruisselle, et l'autre, avec une
grande écope verse de l'eau bouillante sur les
couffes.

★

On ne sort plus du moulin d'huile. L'homme
a son quart. De tant d'heure à tant d'heure il est
attelé à la barre. De tant d'heure à tant d'heure
il a le droit de se vautrer sur un châlit et s'étouf-
fer en essayant de dormir. Le Montagnier pique
la cloche : deboute, deboute. Et ça, des jours,
des nuits plutôt, car jamais de jour mais toujours
les grosses lampes d'argile où l'on brûle la mauvaise huile. Il vient un temps (ça se connaît
quand on est meunier de nature) où ça sent
mauvais dans les têtes. Ça se connaît quand
ceux de barre ne jurent plus, ne parlent plus,

marchent des talons, vont téter la bouteille et
s'emplir d'aguardient plus de six fois le quart et
quand, subit, pris de colère ils crachent sur les
couffes comme à la face d'un homme. Alors, le
Montagnier fait les dix tours du foulard autour
de son cou et sort chercher l'accordéon. Ça
coûte ce que ça coûte, jamais beaucoup somme
toute vis-à-vis de ce qu'on évite. Là, ça va des
jours encore dans cette musique comme l'huile
qui coule sans soubresauts, et qui aide, vous ne
pouvez pas croire, avec ses bons muscles à elle,
cramponnée à la barre au milieu des mains. Ça
va des jours. Mais, tout soudain, ces trois-là
dont le quart commence se sont tournés vers le
musicien.

« Eh, joue-nous "l'oiseau de gabiole". »

C'est dit de voix toute perdue. Ils attendent
que ça commence. Le Montagnier mord sa
moustache : sol, sol, fa malade, sol, la. D'un
même coup, les six mains ont claqué sur la barre
et les trois hommes tirent, de leurs bras morts et
de leurs voix.

> *Ah nous — voilà — nous trois — oiseaux*
> *Sur un — branchon — d'olive.*
> *N'y a — que deux — pour le — plaisir*
> *Et l'autre — les — salu-e*
>
> *Arrête, arrête rossignol,*
> *Retourne dans ta cage,*

Te donnerai du bon pain blanc
Te donnerai bon boire.

Je mangerai l'herbe des champs
Et des orties muscades.
Je boirai l'eau sous le rocher
Comme les camarades.
J'aime mieux être oiseau de champ
Qu'oiseau dans votre cage.

« Heureusement que ça sera fini dimanche »,
pense le Montagnier.

★

On arrache les oliviers. Ce qui me fait plaisir,
c'est que la terre dessous c'est une terre têtue
qui reste nue, sans une herbe et qu'y jeter de la
semence fait le même effet qu'ensemencer
l'étang de Berre.

On a des moulins à l'électricité. Ce qui me fait
plaisir c'est qu'une fois ça marche, l'autre fois ça
ne marche pas ; l'huile a le goût du pétrole, sans
compter que toutes ces inventions, ça finit par
jeter le sort sur les meilleures choses.

Avant, du temps des beaux moulins, du temps
de la cueillette, c'était de l'huile, croyez-moi.

Et, mars venu, avec sa pluie folle et ses vents
fous qui vous retroussent et vous gèlent le dessous des robes, quand la ménagère se sentait

une bonne envie de colline et qu'elle ne pouvait pas sortir, elle allait au placard, elle trempait son petit doigt dans la burette, elle se mettait, comme ça, une goutte d'huile sur la langue, et voilà qu'elle était tout soudain si lourde d'arbres, de genévriers et d'odeur de terre que ça l'obligeait à s'asseoir.

« Ah, soupirait-elle, pour que ça réjouisse tant le cœur il a bien fallu que ce soit fait avec le cœur. »

Janvier 1930.

(Texte publié dans la revue Bifur, *numéro 8, juin 1931.)*

DU MÊME AUTEUR

Traductions

Melville : MOBY DICK (*en collaboration avec John Smith et Lucien Jacques*).

Tobias G. S. Smollett : L'EXPÉDITION D'HUMPHREY CLIN-KER (*en collaboration avec Catherine d'Ivernois*).

Dans la collection « Biblos »

ANGELO — LE HUSSARD SUR LE TOIT — LE BON-HEUR FOU.

Composition Euronumérique.
Impression Bussière à Saint-Amand (Cher),
le 3 février 1998.
Dépôt légal : février 1998.
Numéro d'imprimeur : 347.
ISBN 2-07-040406-4./Imprimé en France.

84029